Petite Bibliothèque Surannée

LE LIVRE D'AMOUR D'HERCULE DE LACGER

VERS POUR IRIS

(Henriette de Coligny, comtesse de La Suze)

Publiés sur le manuscrit original inédit avec une notice

PAR

FRÉDÉRIC LACHÈVRE

Portrait et fac-simile

A PARIS
Chez SANSOT, Libraire, rue de l'Eperon, 7,
près le départ des carrosses
d'Orléans

MCMIX

VERS POUR IRIS

(Henriette de Coligny, comtesse de La Suze)

DERNIÈRES PUBLICATIONS DU MÊME AUTEUR

(Honoré CHAMPION, Editeur, 5, quai Malaquais)

Les Satires de Boileau commentées par lui-même (commentaire inédit de LE VERRIER avec les corrections autographes de BOILEAU), tiré à 300 exempl. numérotés. . **10 fr.**

Voltaire mourant, enquête faite en 1778 sur les circonstances de sa dernière maladie, etc. Tiré à 500 exempl. numérotés. . . . . **7 fr. 50**

Le Libertinage devant le Parlement de Paris. Le Procès du poète Théophile de Viau (1623-1626). Publication intégrale des pièces des Archives nationales. 2 vol. gr. in-8, tiré à 500 exempl. numérotés . . . . **20 fr.**

Cet ouvrage a été honoré d'une souscription du Ministère de l'Instruction publique.

M. Ch. Drouhet et le problème des deux Maynard. Le Poëme « Philandre ». Rép. par Frédéric LACHÈVRE. Brochure in-8 . . . . **1 fr.**

Henriette de COLIGNY
d'après Daniel du Monstier.

Petite Bibliothèque Surannée

LE LIVRE D'AMOUR D'HERCULE DE LACGER

VERS POUR IRIS

(Henriette de Coligny, comtesse de La Suze)

Publiés sur le manuscrit original inédit avec une notice

PAR

FRÉDÉRIC LACHÈVRE

Portrait et fac-simile

A PARIS

Chez SANSOT, Libraire, rue de l'Eperon, 7
près le départ des carrosses
d'Orléans

MCMX

IL A ÉTÉ TIRÉ DU PRÉSENT OUVRAGE :

Vingt-cinq exemplaires sur Japon Impérial,
numérotés de 1 à 25,
et vingt-cinq exemplaires sur Hollande Van Gelder Zoonen,
numérotés 26 à 50.

Le Ms. « Vers pour Iris »

Le manuscrit dont nous publions aujourd'hui le texte est un in-folio de 290 mil. sur 205 mil. relié en maroquin rouge avec filets or sur les plats et tranche dorée. Il comprend 32 feuillets d'une belle écriture bâtarde reproduisant soixante poésies : sonnets, madrigaux, stances, élégies, etc. Le titre général « Vers pour Iris » est en lettres peintes en or. Chaque page est entourée d'un filet or comme aux livres dits réglés, les en-tête sont à l'encre bleue. Au bas de chaque feuillet se lit le monogramme Le Roy, c'est le nom du calligraphe ; ce nom est à ajouter à la liste dressée par le baron Roger Portalis qui termine son ouvrage : *Nicolas Jarry et la calligraphie au* XVIIe *siècle (Paris, 1896).*

Ce manuscrit ne renfermait aucune indication permettant de connaître son auteur. Etions-nous en présence de l'œuvre d'un seul pòète ou d'un choix de vers de rimeurs du temps ? Quelle bourgeoise ou quelle grande dame cachait le pseudonyme d'Iris ?

Notre *Bibliographie des recueils collectifs de poésies publiés de 1597 à 1700* nous mettait à même de répondre à la première question, c'est-à-dire de vérifier si les poésies du manuscrit avaient été imprimées au XVIIe siècle. Deux seulement s'y trouvaient[1] :

Madrigal. A Iris. Sur le sujet des Jobelins :

Hélas ! de quoy s'avise-t-on, signé de L'Agé[2].

1. T. II, p. 317.

2. Ce madrigal de 10 vers est devenu un sonnet dans le Rec. Sercy, Ire p., 1re éd., 1653. Lacger a composé un autre sonnet sur cette querelle des Jobelins, également dans ce Rec. de Sercy. On le trouvera à la suite des *Vers pour Iris.* Henriette de Coligny elle-même a pris part à cette querelle avec un médiocre quatrain.

Sonnet

Flots heureux qui baisez l'agreable riuage
Où maintenant Iris passe de si beaux jours,
Que j'aime à regarder vostre rapide cours,
Et qu'il offre à mes yeux une charmante image.

Je la voy sur vos bords la belle qui m'engage,
Dessous des saules verds faire plus de cent tours,
Les Graces à sa suite et les petits Amours
En ces lieux escartez luy rendent leur hommage.

Les fleurs abondamment naissent dessous ses pas,
Et ses yeux esclattans de lumineux apas
Remplissent ces deserts d'une clarté visible.

Tout cède à leur effort, tout s'alume à l'entour,
Et tout ce que ces lieux ont de plus insensible
Ressent en ce moment le pouuoir de l'Amour.

Madrigal :

Lors que sur son visage où tant de grâce abonde[1].

Mais en dehors des pièces imprimées de Lacger, cette *Bibliographic* nous apportait le titre et le premier vers de seize pièces inédites extraites du Ms. 19145 (fonds fr.) de la Bibliothèque Nationale[2].

Sur ces seize pièces, quatorze se rencontraient dans notre Ms :

Madrigal :

Aimable objet de mon amour

Sonnet :

Allez, jeune beauté, merveille de nostre age

---

1. Rec. Sercy, Ve p., 1660.

2. Ce manuscrit contient 19 pièces de Lacger dont quatre ne sont pas dans les *Vers pour Iris* : deux ont été imprimées sans signature dans le Rec. Sercy, Ire p., 1re éd., 1653 : A Damon, epistre ; L'ombre de Daphnis à Damon (voir p. 27 et p. 31), Lefebvre de Saint-Marc les a insérées, par erreur, dans son édition des *Œuvres de Chapelle et de Bachaumont. Paris, 1755* (cet érudit avait fait d'ailleurs les réserves les plus expresses sur leur attribution à Chapelle) ; une épître inédite : *Aux deux sœurs de qui la beauté* (Mesdemoiselles Melson) (p. 133), et les Paroles pour chanter : *Vous souspirez, vous accusez le sort* (p. 21).

Madrigal :

Beaux lieux où je viens chaque jour

Madrigal :

C'est peu pour louer la Beauté, var. de : *Iris n'a rien d'une mortelle.*

Madrigal :

Cruelle saison des naufrages

Sonnet :

Ennuyé de mes maux et lassé d'une vie

Sonnet :

Flots heureux qui baisez l'agréable rivage

Sonnet :

Iris, si vous voulez sçavoir

Elégie ;

Je ne sçaurois souffrir de vous voir si contente

Sonnet :

Je le confesse, Iris, je cours à ma ruine

Sonnet :

Quel Astre, belle Iris, ou quel démon vous porte

Sonnet :

Quiconque voudra voir les routes incertaines

Madrigal :

Quoy que sous le cruel empire

Stances :
Si j'eusse encore esté dans l'humeur inconstante

Cette constatation entraînait la certitude absolue que notre Ms. exécuté pour Hercule de Lacger, seigneur de Massuguiès, réunissait les vers qu'il avait composés à l'intention de son Iris.

Fixé ainsi sur l'identité du personnage, l' « Iris » n'était plus difficile à découvrir, Tallemant des Réaux ayant parlé assez longuement des amours de Lacger avec Henriette de Coligny dans son *Historiette sur la comtesse de La Suze*[1].

Ces deux points acquis définitivement, il nous restait à établir l'âge du Ms.

Le madrigal *sur le sujet des Jobelins* placé à la fin nous fournissait la date approximative de son exécution. La dispute sur les deux sonnets de Job et d'Uranie est de 1648-1649. Nous en avons la preuve par les

1. T. IV, p. 228, édition Paulin Paris.

Remarques sur les deux sonnets[1] que Balzac a écrites au plus tard en 1650 ; il est question dans sa lettre à Conrart du 18 juillet 1650[2] de ces *Remarques* comme étant déjà imprimées. Le sonnet d'Uranie remonterait, d'après Balzac, à 1625 ou 1626 : « Celuy d'Uranie (de Voiture)[3] fut trouvé bon dès le jour de sa naissance, et de ce jour-là jusqu'à celui-cy, il n'y a guères moins de vingt-quatre ans. J'en parle comme ayant esté la sage-femme de ce bel enfant, et l'ayant receu en venant au monde. Uranie ne le vit qu'après moy, et tout chaud qu'il estoit, immédiatement après sa production, je le portay au bonhomme M. de

1. Ces *Remarques sur les deux sonnets* furent imprimées pour la première fois dans la partie : *Dissertation sur diverses remarques sur divers escrits*. A Monsieur Conrart, conseiller et secretaire du Roy qui suit le *Socrate chrestien*, || par le Sr de Balzac ; || et autres œuvres du mesme || Autheur, || A Paris, || Chez Augustin Courbé, dans la || petite Salle du Palais. || M.DC.LII. || Avec privilège du Roy. || In-8.

2. Lettre 15 du Liv. XXIII des Œuvres de Balzac, 1665. T. I, in-folio, p. 881.

3. Le sonnet de Voiture a été imprimé pour la première fois dans ses Œuvres, 1650, in-4.

Malherbe[1]. » Le sonnet de Job[2] d'après Ed. Fournier, aurait été envoyé en 1647, par Benserade, à une dame avec un exemplaire de la seconde édition de ses *Paraphrases des IX leçons de Job* (Paris, Anthoine de Sommaville, in-12). Nous ignorons l'époque exacte à laquelle ce dernier sonnet fut mis en parallèle avec celui d'Uranie, ce ne fut pas cependant avant 1648 et très probablement en 1649. En fixant pour notre Ms. la date fin 1649, commencement de 1650, nous nous accordons avec Tallemant.

Nous avons reconstitué la vie d'Hercule de Lacger, seigneur de Massuguiès, pour servir de préface aux *Vers pour Iris*. Cette vie confirme le jugement de Tallemant des Réaux sur l'homme : « il a de l'esprit, mais il n'est nullement honneste homme », par contre les pièces que Lacger a adressées à Henriette de

1. Remarques sur les deux sonnets, p. 87.
2. Le sonnet de Benserade a été imprimé pour la première fois dans le Rec. Chamhoudry, t. II, 1652.

Coligny permettent de réformer, en connaissance de cause, son appréciation du poète : « il fait des vers, mais médiocres ». Ce gascon peut être placé parmi les meilleurs poètes de ruelles, à côté de Malleville et de Benserade et pas très loin de Voiture et de Sarasin. Il a été bien inspiré le jour où il a offert le manuscrit de ses *Vers pour Iris* à la belle comtesse de La Suze !

Hercule de Lacger

Seigneur de Massuguiès

A M. Ad. Van Bever.

I

Hercule de Lacger ou Latger était le fils aîné de Jean, sieur de Massuguiès, conseiller à la Chambre mi-partie de Castres, et de Marguerite ou Madelaine de Dampmartin. Sa sœur Isabeau fut mariée en 1617 au marquis de Lautrec Saint-Germier. Son grand-père, Antoine de Lacger, juge d'Appeaux, avait, en 1564, embrassé la Réforme à l'âge de vingt-cinq ans ; le roi Henri II le mit en 1585 à la tête du Conseil que l'on adjoignit à Montgommery, gouverneur de Castres ; il eut sept enfants de son mariage avec Jeanne de Coras et mourut le 5 septembre 1591[1].

On ne sait exactement l'année de la naissance d'Hercule de Lacger — elle peut se placer entre 1595 et 1605, suivant qu'il ait été l'aîné ou le cadet de sa sœur — et on ignore tout de son existence jusqu'au jour où sa qualité de religionnaire lui ouvrit les portes de l'hôtel de Châtillon. La fille du maréchal, Henriette de Coligny, avait épousé à vingt-deux ans un noble étranger, le comte de Hadington, qu'elle accompagna en Ecosse. Devenue veuve après un an de mariage (1643) elle rentra en France. Comme son père craignait qu'elle ne vint à quitter le protestantisme, il s'empressa de mettre ses croyances sous l'égide de Gaspard de Champagne, comte

1. Les frères Haag, *La France protestante,* art. Latger.

de La Suze, borgne, ivrogne et endetté[1]. Henriette aimait la poésie, goûtait fort les pièces de Sarasin, de Malleville et de Voiture, elle eut été heureuse de rivaliser avec eux et de voir ses propres vers bien accueillis à l'hôtel de Rambouillet alors à l'apogée de sa splendeur (1646). Les plus grandes dames : la duchesse de Longueville, la marquise de Sablé, madame Du Plessis Guénéguaud, etc., et les plus nobles seigneurs de la Cour avec leurs poètes ordinaires Benserade, Sarasin, Voiture, Malleville, etc., rivalisaient de galanterie et d'esprit sous la présidence de la belle Julie d'Angennes, duchesse de Montausier.

Si on en croit Tallemant les premiers essais de la plume de la comtesse de La Suze « furent bons à brûler », il faut en juger ainsi puisqu'elle ne les a pas publiés. Elle eut le bon sens de chercher à se perfectionner dans l'art d'Apollon et de provoquer les observations d'un expert en la matière. Lacger qui

1. Tallemant. T. IV. Historiette de la comtesse de La Suze et sa sœur, p. 230.

taquinait fort agréablement la Muse se trouva à point nommé pour donner des leçons de prosodie à la belle Henriette de Coligny[1]. C'est vraisemblablement à ce titre de poète de ruelles qu'elle le distingua et qu'il dut de gagner petit à petit le chemin de son cœur. Il paraît avoir été pendant longtemps un sou-

1. Dans la préface de l'édition de 1741 du *Recueil de pièces galantes en prose et en vers de Madame la comtesse de La Suze et de M. Pellisson*, on lit : « Mad. de La Suze ne pût jamais enchaîner la rime. Elle digeroit ses pensées, elle les exprimoit poétiquement, mais pour les rimer, il falloit qu'elle employât un secours étranger. Elle s'adressa donc tantôt à M. de Montplaisir, l'objet de plusieurs de ses élégies, et tantôt à M. de Subligny, à qui on attribue la vie de Henriette Silvie de Molière. » Il est possible que René de Bruc, seigneur de Montplaisir, et Subligny lui aient prêté leur concours, mais les vers de Lacger que nous publions, qui valent ceux de Montplaisir et mieux que les rimailles de Subligny, prouvent son intimité avec Madame de La Suze. Comme le physique de ce gascon était peu engageant, « ce gros tout rond » ainsi que le décrit Tallemant, on est amené à penser que ce sont les charmes de son esprit et le concours qu'il prêta à la comtesse de La Suze pour compléter son éducation poétique qui lui ont valu ses bonnes grâces.

pirant timide et réservé, mais il s'enhardit peu à peu : comment la comtesse de La Suze eut-elle résisté à des madrigaux enflammés du genre de celui-ci :

Iris n'a rien d'une mortelle
C'est un ouvrage sans pareil,
Et chacun sçait que le Soleil
Ne voit rien de charmant comme elle.
C'est peu pour la louër
De dire que l'Amour
Dans ses beaux yeux fait son séjour,
Et que dessous ses Loys il range toutes choses,
Que son teint a des lys, que sa bouche a des roses,
Que son esprit charme toute la Cour,
Et l'on ne dit pas tout, si l'on ne dit encore
Que cette beauté que j'adore
Est le plus pompeux temple et le plus précieux
Qu'ait la vertu dessous les Cieux [1].

Ce fut au château de Lumigny, à trois lieues de Coulommiers, que la comtesse de La Suze se laissa fléchir, elle lui écrivit après un million de lettres les plus passionnées qu'on

1. Bibl. nat. Ms. 19145 (fonds fr.). Vers de Lacger. Ce madrigal est une var. de celui des « Vers pour Iris » : *C'est peu pour louer la Beauté.*

pût voir. Ses belles-sœurs, Mesdemoiselles de Coulant et de Normanville, se scandalisèrent de cette liaison [1]. Leurs remontrances ébranlèrent-elles un instant Henriette de Coligny ? Il semble qu'elle ait senti sa faiblesse coupable et essayé de réagir :

Laisse moy soûpirer, importune raison,
Laisse, laisse couler mes larmes,
Les déplaisirs sont doux, mes tourmens ont des [charmes
Et j'aime ma prison ;
Ah ! puisqu'Amarillis me défend d'espérer,
Au moins en expirant laisse-moy soûpirer [2].

mais sa force de résistance cède bientôt :

Au défaut de ma voix recevez mes soûpirs,
Ils vous diront, Tirsis, en leur langage
Que si le Ciel secondait mes desirs
Je vous donnerois davantage [3].

1. Tous ces détails relatifs au séjour à Lumigny sont pris dans Tallemant, t. IV, p. 233 et suivantes. Il dit que c'est Henriette de Coligny qui déclara sa passion à Lacger, les « Vers à Iris » que nous publions prouvent le contraire.

2. Cette pièce a paru dans le Recueil de Sercy, IIe p., 1653, sous le titre : *Air*.

3. *Id.*

Elle céda si bien qu'au moment de la séparation des deux amants, Lacger chanta... leur douleur réciproque :

Vous souspirez, vous accusez le sort
Et mon départ vous donne des allarmes.
Vous meslez vos pleurs à mes larmes
Et vos transports à mon transport.
Je meurs à cette triste veuë
Mais dans cet extrême malheur
Hélas, ce n'est pas ma douleur,
C'est vostre douleur qui me tuë.
Ces longs adieux, ces regards languissans
Dont vos beaux yeux accompagnent ma plainte
Font voir que vostre âme est atteinte
De tous les maux que je ressens.
Je meurs à cette triste veuë
Hélas, ce n'est pas ma douleur,
C'est vostre douleur qui me tuë [1].

Madame de La Suze quitta Lumigny et rentra à Paris à son hôtel, non sans avoir convenu avec Lacger d'un mode de correspondance destiné à mettre en échec l'espionnage de ses belles-sœurs. Le gascon, admis dans

1. Bibl. nat. Ms. 19145 (fonds fr.). Poésies de Lacger.

la ruelle d'Henriette « tandis qu'elle occupe la compagnie, se tient au pied du lit de parade. Les mules de chambre reposent à proximité ; profitant de l'inattention il se baisse, les atteint, prend dans l'une la lettre qu'il attend et dépose la réponse dans l'autre. Nul n'a remarqué son geste [1]. » De la sorte mis au courant des déplacements de sa belle, ils conviennent de leurs rendez-vous. C'est ainsi qu'il la vit déguisée sur les chemins et une autre fois comme il faisait semblant d'aller à la chasse [2].

La discrétion n'était pas la qualité maîtresse de Lacger, il ne peut s'empêcher de crier sa bonne fortune à tous les vents. On se refuse à y croire : Jacobé, sieur de Frémont, poète lui-même [3], le considérait comme un des plus

1. Me Emile Magne a fait revivre la physionomie de la comtesse de La Suze et de la société précieuse de son temps dans son beau livre : *Madame de La Suze (Henriette de Coligny)... Paris, Mercure de France, 1907, in-12.*

2. Tallemant, t. IV, p. 233.

3. C'était le neveu de Perrot d'Ablancourt, le traducteur. Le Ms. fr. 19142 de la Bibl. nat. renferme plusieurs de ses poésies.

grands menteurs du monde jusqu'au jour où il lui arriva l'aventure suivante : Comme il était en Champagne, un anglais lui demanda la charité. « J'avois, luy dit-il en mauvais français, une attestation de M. l'agent du Roy d'Angleterre ; mais on me l'a déchirée à Lumigny. » Frémont qui était peut-être le seul homme en Champagne qui sceust cette affaire, luy demanda comment cela estoit arrivé : « Comme je fus à Lumigny (dit l'anglois) deux demoiselles (Mesdemoiselles de Coulant et de Normanville) me demandent si j'avais des *lettres de M. Lacger*, j'entendis M. l'Agent ; je tirai mon attestation, elles se jettent dessus, et en se l'arrachant l'une à l'autre la déchirent, après cela la plus jeune (Mademoiselle de Normanville) vint à moi avec une lettre et me dit : C'est de Lacger et non de l'agent que je vous demande une lettre, donnez-là moy, en voylà une pour luy. » (Elle faisait cela pour voir s'il n'en avoit point). Je luy juray que je ne sçavois ce que c'estoit[1].

1. Tallemant, t. IV, p. 234.

Henriette de Coligny, attirée par le bruit de cette discussion, s'adresse à cet anglais dans sa langue, lui explique ce qu'elle attend de lui, et lui fait remettre une missive destinée à Lacger qui d'ailleurs s'était déjà servi de ce moyen pour communiquer avec elle, c'est pourquoi l'attention de ses belles-sœurs avait été éveillée par la présence de cet étranger.

Les vantardises [1] de Lacger inquiètent Henriette, elles ne sont pas sans l'indisposer un peu contre leur auteur ; le temps avait d'ailleurs fait son œuvre, la lassitude était venue. Le gascon cherche à réveiller l'ardeur de la comtesse de La Suze en réunissant dans

1. Tallemant dans l'Historiette de Sevigny et sa femme, t. V, p. 475, dit : « Ce Lacger est un grand coquin ; il fait l'homme à bonne fortune : il avoit un portrait de la des Urlis (de la troupe du Marais) ; il le montrait assez volontiers et disoit que c'estoit une dame de qualité. Il y eut une femme qui trouva le moyen de mettre dans la boiste la reyne de carreau au lieu du portrait et en pleine table le comte de Roussy, chez qui ils estoient à la campagne, luy ayant demandé à voir ce portrait, on y trouva la reyne de carreau. »

un élégant manuscrit, relié en maroquin et superbement calligraphié, les pièces dans lesquelles il avait chanté son amour. Il a soin de le compléter avec une petite poésie sur la querelle des sonnets de Job et d'Uranie et trois sonnets en bouts-rimés destinés à donner le change à Gaspard de La Suze au cas où ce manuscrit tomberait entre ses mains. Il en avait, et pour cause, excepté la pièce compromettante.

La tentative était superflue : Henriette n'avait plus besoin de leçons de prosodie... — elle entendait voler à d'autres amours —, et la précaution inutile : ses belles-sœurs ayant collectionné par tous les moyens les lettres de Lacger [1], dans l'intention d'éclairer le mari outragé.

1. Tallemant, t. IV, p. 239 : « J'ay oublié qu'on trouva dans la cassette de Mademoiselle de Normanville cent lettres d'amour de la Comtesse que ses belles-sœurs gardoient pour tascher de faire rompre le mariage, c'est pour cela qu'elles vouloient avoir des lettres de Lacger. »

II

Lacger n'était pas homme à vivre longtemps dans la désespérance. Très lié avec Pierre de Rambouillet, également de la Religion, fils aîné du financier Nicolas de Rambouillet, un des habitués de l'hôtel de Châtillon et de la maison de Ninon de Lenclos, il se fait présenter par lui à la belle courtisane sur qui régnaient tour à tour, au gré de la souveraine du logis, les gentilshommes les mieux tournés et les plus spirituels de la Cour. Ninon avait alors trente ans, Lacger frisait la cinquantaine ; il en tombe éperdument amoureux, c'est lui-même qui le déclare dans une lettre en vers adressée à Rambouillet[1] :

---

1. Cette pièce et la suivante figurent depuis 1755 dans les Œuvres de Chapelle, mais Lefebvre de Saint-Marc avait le premier émis des doutes sur leur attribution, il l'avait faite sous toutes réserves. En effet deux manuscrits de la Bibliothèque nationale, fonds fr. 12180 et 19145, les donnent toutes deux à Lacger et

Ne verray-je jamais Ninon,
Sans aller décliner mon nom?
De grâce introduis-moy chés elle;
Je brûle de voir cette Belle.
Si c'est pour mon mal ou mon bien,
Je veux mourir si j'en sçay rien[1].
Peut-estre que pour ma souffrance,
Parmy les souspirs d'importance
De tant de ducs et de marquis
Et de princes qu'elle a conquis[2],
De tous mes souspirs à ma honte
Qu'elle ne face point de conte[3]

---

le Ms. 19145 précise que Damon est Rambouillet. Elles ont été imprimées pour la première fois dans le Recueil de Sercy, Ire partie, 1re éd., 1653, sous le titre : A Damon, épistre, p. 82, l'Ombre de Daphnis à Damon, p. 84.

1. A la suite de ce vers se lisent dans le Rec. Sercy, Ire p., 1re éd., 1653, les quatre vers suivants :

Hélas! je desire peut estre
Une faveur dont il peut naistre,
Pour peu que j'aye de malheur,
Du chagrin et de la douleur.

2. Var, *id.* :

Que des yeux si beaux ont conquis

3. Var, *id.* :

Mes soûpirs chez cette cruelle
Seront traittez de bagatelle

Mais aussy peut-estre que non,
Car comme on parle de Ninon,
Elle est ou contraire ou propice
Selon qu'il plaist à son caprice,
Et son caprice (ce dit-on)
Vaut souvent mieux que la Raison.
Cependant quoy qu'il en puisse estre
Cher Damon, je veux reconnoistre [1]
Et rendre hommage à mes vainqueurs,
Les vainqueurs de tant d'autres cœurs ;
Je veux voir ces yeux qu'on adore
Du Soleil couchant à l'Aurore,
Je verray briller leurs clartez
Et toutes ses autres beautez,
Sa belle humeur, son beau génie ;
Après j'entendray l'harmonie [2]
De son luth, de qui les douceurs
Passent le concert des neuf Sœurs [3] *;*

1. Var, *id.* :

Cher Damon, je veux la connoistre

2. Var. :

Sa belle humeur, son grand génie
J'entendray la belle harmonie

3. Après ce vers se lisent les vers suivants dans le Rec. de Sercy :

Ainsi mes yeux et mes oreilles
Seront charmez de ces merveilles ;
Et peut-estre avec tout cela

Amy, courons à ces délices,
Allons offrir sous tes auspices
A cette immortelle beauté
Et mon cœur et ma liberté ;
Ne trompe plus mon espérance [1].
Je meurs desjà d'impatience,
Et si je ne la vois mardy
Tu me verras mort mercredy.

Si sensible que fut Pierre de Rambouillet à cette requête de son ami, il est douteux qu'il ait été son intermédiaire auprès de Ninon, il avait de bonnes raisons pour s'en abstenir : lui-même attendait que le brillant marquis de Sévigné [2], le mari de l'exquise Marie de

Je n'en demeureray pas là.
Qui charme deux des sens ensemble.
En peut émouvoir trois, ce semble ;
Et, si le caprice est pour moi
Me voilà plus heureux qu'un Roy.

1. Var. du Rec. Sercy :

Ne trompe point mon espérance

2. Henri de Sévigné ou Sevigny, gentilhomme breton ; sa mère était Marguerite de Vassé, il épousa Marie de Chantal le 4 août 1644 à l'église Saint-Gervais et Saint-Protais et mourut des suites d'un duel le 4 février 1651. Si on en croit Bussy, bien renseigné puis-

Chantal[1], lui cédât la place. Il savait que le bail le plus long que consentait alors Ninon n'était guère de plus de trois mois, et, en effet, quand elle fut lasse de Sévigné, elle désigna Rambouillet pour trois autres mois, comme le raconte Tallemant, avec cette déclaration fort nette : *Je croy que je t'aimerai trois mois, c'est l'infiny pour moy*[2].

Le pauvre Lacger devait cette fois perdre toute illusion sur ses moyens de séduction, il n'ignora pas que Rambouillet était son heu-

qu'il entendait remplacer Sévigné près de sa femme, ce fut en juillet, août et septembre 1650 que celui-ci fut l'amant de Ninon, il dit, en effet, six mois avant se mort.

1. La célèbre Madame de Sévigné née le 5 février 1626, dans un hôtel de la place Royale, de Celse Bénigne de Rabutin, baron de Chantal, et de Marie de Coulanges.

2. D'après Tallemant on voit que Rambouillet aurait succédé à Sévigné, ce qui place son règne en septembre 1650. Voir Historiettes, t. VI, p. 5. Ajoutons qu'à ce moment-là Ninon se disposait à quitter la France pour l'Amérique, c'était également l'intention de Scarron, la situation intérieure du royaume inspirant de vives inquiétudes.

reux rival et il le menaça d'une bien innocente vengeance :

Je t'avois bien dit que ma vie
Ne dépendoit plus que de toy.
Elle me vient d'estre ravie ;
Cruel Ami, c'est fait de moy.

Ce n'estoit point chose frivole
Quand je te prédis mon trépas,
J'estois trop homme de parole
Pour le dire, et ne mourir pas.

Je viens de passer l'onde noire
Dans le terme que j'avois pris,
Mon Ombre t'en escrit l'histoire,
Ce n'est pas moy qui te l'escris.

Tes remises insupportables
Ont précipité mes destins ;
Dieux ! que les gens sont misérables
Quand ils ont affaire aux blondins[1].

---

1. Rambouillet estoit blond, on appeloit alors ces jeunes blonds les blondins pour dire douillets, etc. (Note du Ms. fr. 19145). Comme Lacger, il composait des vers mais médiocres. Voici un triolet cité par Tallemant qu'il a fait sur la propriété de La Houville (hameau près d'Arpajon qui appartenait à M. Bigot,

Si tu vois l'Astre que j'adore,
Apprens-luy mon tragique sort,
Et qu'aujourd'huy j'éprouve encore
L'amour plus puissant que la mort.

Mon âme en ces lieux vagabonde
Ressent son extrême pouvoir ;
A peine avois-je dans le monde
Un plus grand desir de la voir[1].

---

contrôleur général des Gabelles, père de Madame de Gondran, sur ce qu'on avait appelé en riant La Houville, l'Empire du Chicotin) :

Si vous mangez du chicotin
Vous passerez pour galant homme ;
Vous serez tousjours le plus fin,
Si vous mangez du chicotin ;
Et fussiez-vous le plus badin
Qui soit de Paris jusqu'à Rome,
Si vous mangez du chicotin,
Vous passerez pour galant homme.

Le chicotin, c'est la pulpe de la courge sauvage dont l'amertume est proverbiale.

1. Le Rec. de Sercy, Ire p., 1re éd., 1653, donne à la suite de cette strophe les vers suivants qui ne sont pas dans le Ms. 19145 :

Sans ce mal qui me fait la guerre
J'aurois à souhait tous les biens,
Dans les champs bienheureux où j'erre
Ce ne sont qu'Epicuriens.

Je crois que pour voir cette belle
Au poinct où mon feu me réduit,
Il faudra que dans sa ruelle
Je m'aille glisser quelque nuit.

Là je contempleray ses charmes
Redoutez pour tant de raisons,
Mais sans faire les grands vacarmes
Que nous autres esprits faisons.

Plus sage dans cette avanture
A rien je ne m'échaperay,
Et renverser sa couverture
Est tout le mal que je feray.

Que si contre mon espérance
Je t'y trouvois, heureux Damon,
Pour satisfaire ma vengeance
Je ferois alors le Démon.

En rimant ces deux pièces agréables Lacger avait une arrière-pensée, il comptait que Rambouillet les montrerait à Ninon ; il la savait sensible aux beaux vers, détestant la vulgarité, en un mot, une véritable précieuse. Il espérait qu'elle se laisserait fléchir. Fut-il trahi par son ami ou Ninon ne prit-elle pas sa déclaration au sérieux, c'est là un point que nous ne pouvons éclaircir, en tout cas Lacger en fut pour ses soupirs langoureux.

Sous le coup des deux échecs qu'il venait de subir son caractère s'aigrit, ce ne sont plus ses succès féminins qui forment le fond de ses hâbleries, il se laisse aller à des imprudences de langage qui pouvaient lui coûter cher. Il raconta, dans un bal, une scène qui s'était passée chez Madame de Gondran entre l'abbé de Romilly, le mari et la femme. Gondran et Romilly étant ivres, l'abbé voulut user de quelque liberté impertinente sur la personne de Madame de Gondran, elle le repoussa et il lui dit : « Madame, vous faites bien la cruelle aujourd'hui ! vous ne l'êtes pas toujours tant ; et ce que j'ai obtenu de vous autrefois pouvait bien me faire espérer que vous ne me repousseriez pas si rudement. Il est vrai qu'il m'en a coûté quelque point de Gênes et quelque jupe ; mais je tiens mon argent bien employé, puisqu'il m'a valu ce que vous m'avez accordé. » Madame de Gondran le traita d'ivrogne, de riant et lui dit qu'il ne falloit pas prendre garde à lui en l'état où il étoit. Le mari ne lui dit autre chose, sinon : « Abbé, va, va-t'en chez toi, tu ne sais ce que tu dis, tu es ivre et moi aussi[1] !

Cette médisance de Lacger fut répétée au marquis de Sévigné, l'ex-heureux amant de Ninon et qui l'était à ce moment de la Gondran[2] ; il annonça son intention de venger l'outrage fait à sa maîtresse, en corrigeant l'insolent à coups de canne devant une nombreuse assemblée[3]. Lacger averti à temps se

1. Conrart, Mémoires, p. 594. Nouv. coll. Michaud. T. IV, 1838.

2. Pour la Gondran, Sévigné se montra plus prodigue qu'il n'avait jamais été avec ses maîtresses. Il faut lire dans Tallemant l'anecdote des pendants d'oreilles de Mademoiselle de Chevreuse qu'il fit emprunter pour la Gondran.

3. « Cette menace grossie comme toujours par l'un et par l'autre fit croire à Madame de Sévigné que son mari s'était battu en duel : quatre jours avant le duel où il devait trouver la mort, celui-ci reçut une lettre de sa femme lui faisant des reproches de ce qu'il s'estoit battu contre un tel qu'elle luy nommoit et qu'il y avoit reçeu un coup d'espée. » (Tallemant, t. V, p. 476).

tint coi. La peur, mauvaise conseillère, l'incita à commettre une infamie : celle de tenter de se débarrasser de Sévigné en lui suscitant un duel. Il rapporta au chevalier d'Albret, frère cadet de Miossens — soupirant éconduit de Madame de Gondran — que Sévigné l'avait desservi près d'elle, non sous le rapport de l'honneur mais sur celui des femmes. Cette fable, ayant toutes les apparences de la vérité, décida d'Albret à faire demander à Sévigné lui-même s'il avait tenu à son sujet les discours qu'on lui prêtait. Sévigné répondit négativement au marquis de Soyecourt pour rendre hommage à la vérité, mais en ajoutant qu'il se justifierait les armes à la main.

Cette réplique fermait la porte à tout accommodement. Rendez-vous fut pris derrière le couvent de Picpus le vendredi 3 février 1651 à midi. Sévigné confirma au Chevalier qu'il n'avait jamais mal parlé de lui et ils s'embrassèrent. Ils tombèrent cependant tous deux d'accord qu'il ne fallait pas moins se battre. Après plusieurs passes, Sévigné se précipitant sur son adversaire fut traversé de part en part. Il mourut le lendemain. Lacger avait atteint son but, mais peut-être moins conscient de sa mauvaise action que de ses suites possibles, il saisit le premier prétexte venu de quitter Paris. Bourdelot lui ayant offert, en sa qualité de bel-esprit, une place de secrétaire particulier de la reine Christine, il accepta et partit pour la Suède.

Il avait été bien inspiré de s'exiler pour quelque temps. En son absence Rambouillet devait lui succéder — après plusieurs autres occupants intermédiaires — dans le cœur de la comtesse de La Suze. Nous en avons le témoignage du beau-frère de Rambouillet, cette mauvaise langue de Tallemant des Réaux : « Mais ce que je sçay de mieux, c'est ce qu'elle a fait à Rambouillet, celuy qu'on appelle depuis Rambouillet-Candale. Elle luy dit une fois qu'elle estoit extrêmement persuadée de son mérite ; depuis, à la première occasion, elle le baisa la langue à la bouche, et elle luy escrivit cent extravagances. Il ne luy fit aucune response ; mais il y fut un jour qu'elle l'en avoit fort prié : elle estoit au lict. Elle fit si bien qu'en présence de ses demoiselles (Mesdemoiselles de Coulant et de Normanville) qui ne sortoient jamais de la chambre (elles estoient un peu espionnes), elle mist le rideau sur luy, de sorte qu'elle se fit voir à luy toute nuë. Elle a le corps beau, mais pour le visage il y a de la mouë de son père. Elle fut après pour le voir, et le presser de trouver un lieu où ils puissent estre en liberté. Luy, qui croyoit qu'il n'y faisoit pas trop seur et qui estoit engagé ailleurs, fut long-temps sans s'y pouvoir résoudre. Enfin il fallut pourtant cesser de faire le cruel : il n'alla point un dimanche à Charenton, et il s'asseura de la porte de derrière du logis de son père. Après avoir fermé soigneusement toutes les fenestres et toutes les portes qui donnoient sur cette cour et après avoir fait dire qu'il n'y estoit pas, il prit en suitte des porteurs affidez dont la chaise estoit marquée 20 [1], et les envoya chez Madame de Revel [2],

1. Toutes les chaises avaient un numéro.
2. Madame de Revel cultivait également la poésie.

veuve d'un advocat-général de Grenoble. Or, la Comtesse devoit aller chez cette dame en chaise, et renvoyer tout son monde, faisant semblant d'y vouloir passer l'après-disnée ; ce qu'elle fit, et après avoir esté un moment en haut, elle dit à Madame de Revel qu'elle estoit montée, plustost pour sçavoir si elle la retrouveroit dans deux heures que pour luy faire une visite ; « car », dit-elle, « j'ay une » affaire qui presse. »

« Après, elle descend et crie : « Mes por- » teurs ! » c'estoit le mot ; elle entre dans la chaise, va chez Rambouillet ; on la porte jusques sur l'escalier, car l'appartement du galant respond sur le derrière, et est par bas. Il la baisa tant qu'il put. Dans le desduit, il luy disoit : « Voylà le sang de Colligny bien » humilié ! » Il dit qu'elle n'est point badine, et qu'elle ne luy sceut jamais dire que : « Ah ! » mon cher, que je vous aime ! » Encore le disoit-elle sans agrément. Il luy dit « qu'il ne

---

Voir notre Bibliographie des recueils collectifs, t. II, p. 436 et 683.

» luy avoit pas autrement d'obligation de ce » qu'elle avoit fait pour lùy, et que le comte » de Lude en avoit eu autant. » Elle souffrit cela sans se fascher ; elle ne luy avoüa pourtant rien, et luy dit seulement qu'en causant de l'amour avec sa belle-sœur de Normanville, la pucelle luy disoit : « Mais, ma sœur, à vous » oüyr, je pense que si vous vous trouviez » seule avec un homme que vous aimassiez, » vous luy permettriez toute chose. — Peut-» estre, disoit-elle, je n'en voudrois pas ré-» pondre. » Rambouillet fut quinze jours sans y aller : il luy dit qu'il y avoit esté trois fois ; elle le crut bonnement, car on luy fait accroire tout ce qu'on veut ; mais il ne luy fit rien, et, ce qui est étonnant, ils se sont veüs cent fois depuis, et elle n'a jamais fait semblant de se souvenir de ce qui s'estoit passé entre eux [1]... »

1. Historiettes de Tallemant, t. IV, p. 236 et suivantes.

III

A Stockholm, Lacger cherche à faire sa cour à la reine Christine en lui attirant les hommages des littérateurs les plus célèbres de France, et... même de la comtesse de La Suze qui lui avait gardé un brin de tendresse. Quelques-uns, et non des moins notables, n'attendaient pas l'invite, ils la provoquaient. Balzac avait fait tâter le terrain par leur ami commun Conrart, il escomptait un bon prix d'une « Lettre à la Sérénissime Reine de Suède[1] » accompagnée de son livre « Le So-

1. Balzac a, en effet, écrit à la Sérénissime Reine de Suède une lettre datée du 25 mars 1652, voir la lettre suivante de Balzac à Lacger (Œuvres de Balzac, 1665, t. I, in-folio, p. 1024 à 1027), mais il ne semble pas qu'elle soit partie le jour même, il en est encore question dans ses lettres à Conrart des 4, 11, 15, 22 et 29 avril 1652. Voici d'ailleurs ce que Balzac écrivait à Bourdelot, le premier médecin de la Reine de Suède, le 10 septembre 1653, un an et demi après (Lettre 27 du XXVIIe livre) :

« Monsieur, Je n'ay pas besoin de vos bons offices

crate chrestien » ; Lacger en courtisan saisit la balle au bond, il écrit à Balzac :

A Monsieur de Balzac.

MONSIEUR,

Je viens de recevoir une lettre de M. Conrart, qui m'a confirmé dans une résolution que je n'avois pas encore osé prendre tout à fait. Elle m'est arrivée comme je cherchois un prétexte pour me donner l'honneur de vous escrire, et de vous aller rendre l'hommage que tout le monde cherche de vous rendre. Quelque passion que j'en eusse, je ne

---

qu'auprès de vous, et j'ay fait ce que je voulois faire en Suède, puisque j'y ay acquis vostre amitié. Je n'escrivis point en ce païs là, sans vocation : Monsieur Vossius et le Secretaire de la Reine (Lacger), me firent sentir de la part de S. M. qu'elle avoit envie d'avoir une Lettre de moy. Je vous advouë que j'eus de la peine à me resoudre là-dessus. Ce genre d'escrire qui sent le Panégyrique, estant devenu ma mortelle aversion, la corvée qu'ils me proposèrent, me parut si grande, que quelque pauvre que je sois, j'eusse volontiers donné cent pistoles pour m'en racheter. Mais mes amis, soit de Paris, soit de la Province, me

pouvois me résoudre à vous faire perdre sans subjet, à la lecture d'une Lettre, un temps que vous ne donnez qu'aux belles contemplations ; et je suis bienheureux que mon devoir m'oblige aujourd'huy de faire une chose où il y a longtemps que mon inclination me porte. Après ce que notre illustre Ami [1] m'a dit de vostre part, je ne croirois pas m'en acquitter, si je ne vous donnois des marques de ma reconnoissance. Il m'a asseuré que vous estiez dans le dessein d'escrire à la Reine ma maistresse et d'envoyer un Livre à S. M. [2] que vos

remonstrèrent que mon silence seroit mal expliqué, et que je passerois pour Philosophe Cynique, si je manquois à un compliment qu'une Princesse desiroit de moy. A la fin, après dix mois tout entiers de délais et de remises, je fis la Lettre que j'ay creû long-temps perduë, et dont il vous a plû de me mander des nouvelles asseurées. C'est assez pour moy, qu'elle soit arrivée à Stokholm ; mais c'est trop qu'elle y ait esté receuë avec applaudissement. Vos académiciens l'ont-ils pû souffrir de bon cœur ? Et comment est-ce qu'ayant pointillé sur mes vers, ils n'ont point exercé sur ma Prose la même subtilité... »

1. Conrart.

2. Le *Socrate chrestien*.

amis vous obligent de donner au public. Comme j'ay une extrême affection pour tout ce qui touche ses intérests, il me semble que je vous suis bien obligé du desir que vous avez de travailler à sa gloire ; et j'ose vous dire, sans craindre que ce sentiment soit désavoüé, que c'est un de ceux qui me fait le mieux meriter l'honneur que me fait S. M. de me souffrir à son service. Cette grande Princesse veut bien que vous sçachiez qu'elle vous est elle-mesme obligée : elle aime, sur toutes choses, l'amitié et l'estime des personnes d'un mérite extraordinaire, et le rang que vous tenez parmi les Grands-hommes estant connu à S. M. c'est avec bien du contentement qu'elle reçoit les marques de la vostre. Le suffrage d'un Sage la touche plus que les acclamations des peuples, et le vostre qu'elle est sur le poinct de recevoir, adjoustera, sans doute, beaucoup à la satisfaction qu'elle a d'avoir celuy de tous ceux de son siècle. S'il m'estoit icy permis de vous faire le portrait de S. M. si j'en estois digne, et si elle ne m'avoit elle-mesme deffendu des loüanges qui luy sont si bien deües, je vous apprendrois des choses que la Renommée n'a point encore publiées, et qui vous feroient connoistre mieux que vous ne le connoissez encore, que s'il y a de l'advantage à S. M. d'estre loüée d'une personne de vostre vertu et de vostre esprit, il y a aussi de la gloire pour vous, d'avoir l'approbation d'une Princesse si illustre et si grande. Elle m'a commandé de vous escrire, Que vous l'avez toute entière, qu'elle estime vos ouvrages, et qu'elle y trouve le dernier beau, dans quelque Langue que vous les faciez. Pour moy, Monsieur, si j'osois vous dire mes sentiments après vous avoir dit ceux de la Reine, ma maistresse, vous apprendriez que j'ay de la vénération et de l'amour pour tout ce qui part de vos veilles. Il y a longtemps que je vous admire, et que je vous regarde comme le Restaurateur de la Philosophie et des Belles-Lettres. Si je ne vous en ay rien tesmoigné jusques icy, c'est que j'ay creu que mon admiration ne vons seroit gueres considerable parmy celle de tous les plus Grands-hommes de la Terre.

Aussi-tost que j'ay pensé que j'en estois un peu plus digne par l'honneur que j'ay d'approcher une si grande Reine, j'en ay formé le dessein; et comme si la Fortune eust esté d'intelligence avec moy, je n'ay pas esté plustost auprès de S. M. qu'elle m'en a fait naistre l'occasion. C'est, sans doute, un des plus grands avantages que je recevray jamais d'elle, et je la béniray toute ma vie de m'avoir amené en Suède, quand elle ne m'auroit pas fait toutes les autres grâces qu'elle m'a faites, depuis que j'y suis. Je voy bien qu'elle a envie de me tirer tout à fait de l'obscurité où j'ay vescu jusqu'à cette heure, puisqu'elle m'a fait à la fois deux si grands biens, en me donnant à la Reine ma Maistresse, et en faisant naistre l'occasion de me faire connoistre à l'un des premiers hommes de nostre siècle. M. Conrart qui m'a promis de vostre part un Livre, et une Lettre, m'apprend que je ne vous suis pas inconnu, et que je vous suis tout à fait obligé des bontez que vous avez pour moy. J'employeray le crédit qu'il a auprès de vous pour vous conjurer d'adjouster vostre amitié à toutes les grâces que vous me voulez faire ; et de ma part, je vous jure qu'à l'estime et à la vénération que j'ay desjà pour vous, j'adjousteray tout le zèle et toute la passion que peut avoir pour vostre service, Monsieur, vostre « de Lacger [1] »

Balzac répond à cette lettre :

*A Monsieur de ***, secrétaire des Commandemens de la Reine de Suède.*

MONSIEUR,

Si mon silence vous avoit fait douter de ma gratitude, ce seroit le plus grand mal que la Guerre m'auroit fait. Il est vray qu'elle a tout mis icy en desordre : En troublant nostre commerce, elle m'a empesché de m'acquiter de mes plus justes et de mes

1. Cette lettre est datée dans les Œuvres de Balzac 1665, t. I, de Stockholm, 23 mars 1652, cette date est fausse puisque la réponse de Balzac à Lacger est du 25 mars ! La lettre de Lacger a dû être écrite en décembre 1651 ou janvier 1652.

plus légitimes devoirs : mais à Dieu ne plaise qu'elle ait estouffé dans mon cœur la reconnaissance que j'y conserve pour les bontez de la Serenissime Reine vostre Maistresse. Je l'ay adorée en esprit, et je luy ay addressé mes vœux, au plus fort de la tempeste. Je les luy rends aujourd'huy, dans un petit moment de calme qui nous est venu, et vous me ferez bien la faveur d'accompagner la Lettre que je vous envoye des bons offices que j'attends de vostre amitié. Monsieur Conrart me l'a promise et m'a escrit des merveilles de vostre vertu. Si j'ay besoin de caution auprès de vous, il vous asseurera que je suis homme de bien, et que je le veux estre toute ma vie, Monsieur, vostre... BALZAC.

Balzac, ce 25 mars 1652.

C'est à Conrart que Balzac fait tenir le tout, il ne se souvient même plus du nom de Lacger ! « Vous trouverez avec la lettre de la Serenissime Reine, un mot pour son secretaire, duquel ayant oublié le nom, vous supplérez s'il vous plaist, à mon défaut, et ferez mettre le dessus par quelqu'un des vostres. Je ne luy parle point du bruit de Paris, que vous ny moy n'apprismes que par des despesches de Stockholm ; et je vous prie de l'en assurer, si vous ne l'avez desjà fait[1]... »

Conrart lui ayant fait observer que la lettre au Secrétaire des commandements de la reine de Suède était trop brève et pas assez aimable, Balzac revient encore le 29 avril suivant sur le compte de Lacger : « En attendant que j'aye le courage de répondre à l'éloquente lettre de M. le Secrétaire, rendez-moi de bons offices auprès de luy, asseurez-le de mon estime, et de mes louanges en toutes les occasions qui se présenteront. Mais il n'y aura point de mal, cependant que je voye dans un petit article quel homme c'est que ce Secrétaire des commandemens, de quel merite, de quelle litterature, par quelle recommandation il est entré au service de *** (Christine de Suède) à l'exclusion de *** qui m'envoya l'hyver passé une

1. Lettre 8 du livre XXV datée de... mars 1652 (Œuvres de Balzac, t. I, 1665).

grande lettre de remerciement pour une grâce qu'il n'a pas reçeuë. Estant bien informé de toutes ces choses, je vous promets que je lui feray un compliment moins laconique que le premier, puisque je voy que vous n'en avez pas approuvé la brièveté[1]. »

Dans l'intervalle Henriette de Coligny acquiesçait au désir que lui avait exprimé Lacger, Christine de Suède était l'objet d'une longue et élogieuse ode[2] dont voici la première strophe (sur 15) :

Belle lumière vagabonde,
Mobile source de clarté,
Flambeau d'éternelle beauté,
Œil du jour qui vois tout le monde,
Soleil qui dans un char si pur
Te promeines dessus l'azur

1. Ce pauvre Balzac s'était donné bien du mal pour faire parvenir sa lettre et son livre (le *Socrate chrestien*) à la reine Christine : Il avait fait faire trois copies de sa lettre et avait corrigé lui-même l'exemplaire du *Socrate chrestien* et tout cela en pure perte (voir ses lettres à Conrart des 4, 11, 15 et 22 avril 1652).

2. Rec. Sercy, IIe p., 1653.

Avec un appareil si superbe et si grave,
Vois-tu rien de si beau de ton Trône orgueilleux,
Que la fille du grand Gustave ?
Et le Ciel a-t-il rien qui soit si merveilleux ?

mais Boisrobert esquivait spirituellement la proposition du Secrétaire des commandements en ayant l'air de se refuser à la prendre au sérieux, le malin et plaisant abbé adoucissait ainsi l'amertume de son refus :

Lager[1], qu'est-ce que tu veux dire,
Que dans Stokolm on me desire ?
L'Auguste Reyne que tu sers
Prend, dis-tu, plaisir à mes vers,
Et soustiens de plus qu'elle estime
L'Autheur separé de la rime,

1. Epistre XII. (Les épistres en vers et autres œuvres poétiques de M. de Bois-Robert-Metel, conseiller d'estat ordinaire, abbé de Chastillon sur Seine. A Paris, chez Augustin Courbé, dans la petite Salle du Palais à la Palme. M.DC.LIX (1659) avec privilège du Roy. (Bibl. nat. Ye 7574). Cette épître a pour titre : « A Mr Lager, secretaire des Commandemens de la Reyne de Suède. Il s'estonne de ce qu'il le convie par ses Lettres de venir à Stokolm, où il dit qu'il est desiré par la Reyne sa maistresse. »

Tu m'en dis trop de la moitié,
Amy prodigue d'amitié ;
Parce qu'un jour en ta presence,
Je dy d'un ton de complaisance,
Devant Daphné qui m'écoutoit,
Que j'aymois ce qui me flattoit,
Et que les choses agreables
Me plaisoient mesmes dans les Fables ;
Tu m'as fait celle-cy pour voir
Si je m'y lairray decevoir,
Mais quoy que je sois fort sensible,
Tu fais un projet impossible.
Si tu m'avois dit simplement
Que mes vers ont quelque agrément,
Et que ma Muse simple et nuë
Ne laisse pas d'estre connuë
Jusqu'aux extremitez du Nort,
J'aurois pû croire à ton rapport,
S'il s'estendoit jusqu'à ma prose,
J'en croirois encore quelque chose,
Je sens bien ma naïfveté,
Elle a sa grâce et sa beauté,
Comme les choses naturelles
Sont d'ordinaire les plus belles,
Mon caractere aura son prix,
Toûjours parmy les beaux esprits ;
Mais que cette Reyne divine,
Cette incomparable Christine

Qui void tout le Monde arresté
Sur l'éclat de sa Majesté,
A qui le temps ne peut suffire,
Et pour les soins de son Empire,
Et pour les honneurs immortels
Qui luy font dresser des Autels,
Que cette Reyne Magnanime,
Qui comme un tribut legitime
Reçoit mille eloges divers
Des plus sçavans de l'Univers,
Et n'en sçauroit voir tous les titres,
S'amuse à lire mes Epistres,
Et perde en y jettant les yeux
Des temps qui lui sont precieux ?
Que de plus cette ame sublime
Me donne part à son estime,
Où tu sçais que je bornerois
L'ambition des plus grands Roys :
Ah ! Lager, je ne te puis croire,
Cependant mon cœur plein de gloire,
Se plaist à ton discours charmant,
Qui le duppe agreablement.
Ta lettre a du style Poëtique,
Et tient mesme du Dramatique,
Ou celuy qui trompe le mieux
Paroist le plus ingenieux.
Enfin, si ta plaisante fable
Passoit pour chose veritable,

Le Bois-Robert du temps passé
Par le tien seroit effacé.
Le grand Armand, je le confesse,
M'a témoigné quelque tendresse,
Comme il crût voir en mon esprit
Quelque charme qui le surprit,
J'en eus des faveurs singulieres
Aux heures les plus familieres,
J'en repandis sur maint Autheur,
Et me fis le Solliciteur
Des pauvres Muses affligées,
Qu'un dur Siecle avoit negligées,
Je fis qu'Armand en eut pitié,
Et sa glorieuse amitié,
Qui fut de ses bien-faits suivie,
Fait tout l'ornement de ma vie.
Mais si tu m'as dy vray pourtant,
Je voy mon nom plus éclatant,
Qu'il ne fut en six cens quarante,
Et ma faveur plus éclatante.
Armand merite des Autels,
Il fut le plus grand des Mortels ;
Mais ton adorable Christine
Paroist une chose divine,
Je luy voy des sujets zelez
Aux Climats les plus reculez,
Elle regne, elle éclatte au Monde,
Et par sa science profonde,

Et par ses liberalitez,
Qui sont ses moindres qualitez,
Mais qui volant jusques aux nuës,
Sont toutefois les plus connuës.
Si de loin j'en suis seulement
Regardé favorablement,
Si je suis connu pour l'esclave
De la fille du grand Gustave,
J'en trouve mes Destins meilleurs,
Que si j'allois regner ailleurs.
Poursuy donc, Lager, je te prie,
Ton agreable tromperie,
Et ne me desabuse pas,
Puisque j'y trouve des appas.
Je croiray ta premiere Lettre,
Quoy qu'elle puisse me promettre,
Puisque j'ay l'esprit soulagé
D'un bien que je n'ay songé,
Et que tes obligeans Mensonges
Passent les plus beaux de mes songes,
Pousse hardiment jusqu'au bout,
Je donneray les mains à tout,
Coupable de la seule gloire
D'un amy qui veut bien te croire,
Ta conscience est à couvert
Puisqu'enfin personne n'y pert,
Et que tu ne peux faire injure
A qui cherit ton imposture.

Christine ne paraît pas avoir utilisé souvent le talent poétique de Lacger. Elle lui commanda des stances *sur la fuite d'Arnaud devant Armide représentée dans une tapisserie* et plusieurs pièces de circonstance ; elle eut, chose plus grave, le mauvais goût de ne tenir aucun compte ni de la fameuse lettre de Balzac ni de son « Socrate chrestien », si bien que le Secrétaire des commandements quitta son poste en décembre 1652.

IV

De retour à Paris, dans les premiers jours de janvier 1653, Lacger ne fait qu'y passer et se rend à Castres auprès de sa famille. Sur le bruit de son arrivée, les académiciens de cette ville entendent fêter leur « illustre » compatriote, ils se réunissent en séance le 21 janvier et le nomment à l'unanimité membre de leur Compagnie[1]. Le procès-verbal de cette séance mémorable nous a été conservé :

1. L'Académie de Castres fut fondée en 1648 par vingt castrais au nombre desquels on comptait les deux frères Georges et Paul Pellisson, les deux Ranchin, le conseiller et l'avocat, Benoît Yzarn ou Isarn, greffier de la Chambre de l'Edit, etc. ; on ne pouvait dépasser le chiffre de vingt membres, plus tard on le fixa à quarante ; les statuts de l'Académie du 19 novembre 1648 ont été publiés par Magloire Nayral dans sa Biographie castraise, t. IV, p. 540, à laquelle nous empruntons ces détails. Sa prospérité fut de courte durée. Les pièces détachées et de peu d'étendue qui étaient lues aux séances (délibération du 30 juillet 1652) étaient transcrites sur un registre destiné à les conserver (il paraît perdu). Dans la salle se trouvait le portrait de ses membres (délibération du 27 avril 1655). L'Académie suspendit ses séances le 2 août 1667 pour les reprendre le 20 novembre de l'année suivante ; une autre interruption est notée du 13 août 1669 au 4 février 1670 et bientôt elle dut fermer ses portes le 15 avril 1670, peu de temps avant la mort de Lacger. Elle comprenait encore à cette date les deux Pellisson, les deux Ranchin, Benoît Yzarn et son frère, l'ami de Mademoiselle de Scudéry, Samuel Yzarn, sieur de Grèzes.

Extrait des procès-verbaux des registres de l'Académie de Castres [1].

SÉANCE DU 21 JANVIER 1653.

« ... M. de Lacger, pourvu d'un office de
» conseiller en la Chambre, a esté honeste-
» ment nommé, et ensuite eslu par billets,
» et il a esté donné ordre à M. de Tourna-
» dous et à M. de Fondamente de le voir de
» de la part de l'Académie, pour lui faire
» sçavoir son eslection, et pour le prier
» l'agréer, et de vouloir se trouver à l'assem-
» blée de mardi prochain pour y estre re-
» ceu... »

et il est reçu dans la séance du 28 janvier :

SÉANCE DU MARDI 28 JANVIER 1653.

« ... M. de Lacger s'est trouvé à l'assem-
» blée suivant la prière qui lui en avoit esté

1. Nous donnons ces procès-verbaux d'après la notice fort courte d'ailleurs de Magloire Nayral dans sa *Biographie castraise*, t. III, 1834.

» faite de la part de l'Académie par deux de » ses membres, et ayant tesmoigné la satis- » faction avec laquelle il avoit appris, et avec » laquelle il acceptoit son eslection, et pro- » mis d'observer exactement tous les regle- » mens et tous les ordres de l'Académie, il a » esté receu au nombre des Académiciens, » pour en faire à l'avenir toutes les fonc- » tions, et, pour cet effet, il a esté délibéré » qu'il sera inséré au tableau des Académi- » ciens. »

Castres ne possède pas longtemps son nouvel académicien, il se hâte de se retremper dans les délices de Paris. Il a la malchance, étant allé se promener à Saint-Cloud avec quelques amis, d'être aperçu par Madame de Sévigné dans une allée proche de la source. Elle dit aux deux officiers aux Gardes qui l'accompagnaient : « Voilà l'homme du monde que je hais le plus (elle ne lui avait pas pardonné d'avoir été la cause de la mort de son mari.) — Madame, lui répondirent-ils, voulez-vous qu'on le pende, qu'on le noye, qu'on l'extermine? — Non, il suffit qu'on le jette dans la fontaine. » En ces entrefaites, la compagnie avec laquelle était Lacger étant venue à paraître, elle y reconnut des gens et n'osa faire affront à ce garçon devant eux. « Arrêtez, dit-elle, voylà de mes parents avec lui[1]. » Lacger avait eu la prescience du danger couru, il reprend le chemin de Castres où il arrive en mars 1653. Il lit dans la séance de l'Académie du 8 avril 1653 des stances qu'il avait composées avant son départ de Suède pour *un combat de bannière*, un des spectacles donnés à Stockholm le jour anniversaire de la naissance de la Reine, le 19 décembre 1652.

Le séjour de Castres lui pèse, il a besoin de l'air de Paris, mais sa fatuité et sa conduite peu correcte en diverses circonstances le font mal accueillir de ses anciennes relations, et particulièrement d'Henriette de Coligny qui venait de se convertir à la foi catholique pour ne rencontrer son mari ni dans ce monde ni dans l'autre. Dépité, il se pose

1. Tallemant, t. V, p. 477.

en victime de l'inconstance des femmes, insinuant qu'il avait été cruel à la Reine de Suède pour rester fidèle à la comtesse de La Suze. Celle-ci indignée de son impertinence lui ferme les portes de sa maison. Isolé, ne sentant autour de lui aucune sympathie, Balzac même lui en voulait mortellement depuis sa lettre à Christine qui ne l'avait pas honoré du moindre présent[1], il retourne à Castres exercer ses fonctions d'académicien[2] et y achève prosaïquement sa vie. Il meurt oublié le 21 juillet 1670 ayant préalablement enterré l'Académie de Castres le 15 avril précédent. Elle s'était dissoute, en effet, parce que tous ses membres en avaient oublié le chemin !

F. Lachèvre.

1. Voir p. 50 note 1.

2. Les registres de l'Académie de Castres constatent que le 20 mai 1655, il avait donné lecture d'une pièce *Sur le desplaisir de l'absence.* Ils mentionnent encore de lui : Paraphrases en stances françaises du Ps. 130 ; sonnets et chansons sur différents sujets ; stances sur la liberté de M. le Prince de Condé.

VERS
POUR
IRIS.

SONNET

Quiconque voudra voir les routes incertaines
Du dedale où mon ame erre depuis long temps,
Et dans lequel Amour a fait couler mes ans
Sans qu'une faveur seule ait adouci mes peines.

Quiconque voudra voir les esperances vaines
Dont ce doux imposteur abuse les amans,
Qui voudra voir en fin tous les divers tourmens
Qu'il leur fait ressentir sous ses loix inhumaines.

Dans ces vers amoureux il les verra dépeins,
Et sans doute effrayé des maux dont je me plains
Il voudra fuir l'Amour, s'il n'aime point encore:

Mais en vain, car vos yeux dont je ressens les coups
Me font bien esprouver, ô Beauté que j'adore,
Qu'aimer ou n'aimer point ne dépend pas de nous-

SONNET

Si ma force égaloit le desir qui me presse,
Que ne ferois-je point d'un soin laborieux,
Pour peindre les apas de l'esprit et des yeux
De la jeune Beauté qui nous charme et nous blesse.

Que ne puis-je imiter ces Chantres de la Grèce
Dont le nom plein de gloire a volé jusqu'aux Cieux,
Et de la mesme voix qu'ils chantèrent les Dieux
Que ne puis-je aujourd'huy louër une Deesse

Je ceindrois son beau front de rayons immortels,
Je ferois qu'en tous lieux elle auroit des Autels,
Et qu'elle feroit honte à la Venus d'Apelle :

Et que mesmes les Dieux épris de son amour
Pour venir adorer cette grace immortelle
Prefereroient la terre au celeste sejour.

SONNET

Qu'ay-je fait mal'heureux, quelle audace indiscrette
A porté mes regards sur cet Astre d'amour ?
Pensois-je resister à qui tout fait la cour,
Et voir sans passion une beauté parfaite.

Ah l'Amour punit bien la faute que j'ay faicte,
Ses plus cruels tourmens me gesnent tour à tour,
Je brûle, je soûpire, et je perdray le jour
Avant qu'on scache rien de ma flame secrette.

Helas ! il se faut taire, il faut dissimuler,
Le respect me l'ordonne et je ne puis parler
Sans déplaire à l'objet dont la beauté me touche :

Mais j'ay tort, et j'esclatte en regrets superflus,
Si mes yeux osent tout, que peut dire ma bouche
Qu'un regard languissant n'en die encore plus.

SONNET

Je languis et je meurs de l'une et l'autre aurore,
Sans que je puisse plaire avec tout mon amour,
J'ay beau luy protester que j'en perdray le jour,
Rien ne scauroit toucher la Beauté que j'adore.

En vain pour soulager l'ennuy qui me devore,
D'un destin plus heureux j'espere le retour,
Chez elle la pitié n'aura jamais son tour
Et c'est en vain aussi que mon ame l'implore.

Amour, perfide Amour qui peut tout enflamer,
Ah que tu m'es cruel quand tu me fais aimer,
Que tes loix fier tyran pour moy sont inhumaines :

De tout ce qu'un amant travaillé de desirs
Peut avoir dans ses fers de peine et de plaisirs,
Je n'ay pas un plaisir, et j'ay toutes les peines.

SONNET

Je perds tous mes soûpirs, c'est en vain que mes larmes
Vous veulent tesmoigner quelle est ma passion,
Les effects les plus grands de mon affection
Pour vaincre vos rigueurs sont de trop foibles armes.

Avez-vous resolu, Beauté pleine de charmes,
De payer tant d'amour de tant d'aversion,
Et toûjours insensible et sans compassion
Me verrez-vous mourir en ces tristes allarmes.

Ouy, c'est vostre dessein, inhumaine Beauté,
Mon trespas est le but de vostre cruauté,
J'y cours pour satisfaire à vostre injuste envie :

Je vay le recevoir en benissant mon sort ;
Si je n'ay pû vous plaire un moment de ma vie
Je vous plairay peut-estre à l'heure de ma mort.

SONNET

Lors que plus sa rigueur m'afflige et me desole,
Une feinte douceur vient desguiser Iris,
Et pour rendre la joye à mes tristes esprits
D'un favorable mot l'ingrate me console.

Mais l'effect la descouvre et dément sa parole
Dont si facilement mon cœur estoit surpris,
Et si je m'en rapporte à ses cruels mespris
Mon desplaisir renaist et mon espoir s'envole.

Si je m'approche d'elle aussi tost elle fuit ;
Si je veux luy parler mesme destin me suit ;
Cependant elle dit que ma douleur la touche :

Arbitre de mes jours et de mes passions,
Amour, inspire-moy, dois-je croire sa bouche,
Ou démentir ses actions ?

SONNET

Allez, jeune Beauté, merveille de nostre âge,
Amour victorieux va marcher sur vos pas,
On verra les plus fiers mettre les armes bas,
Et vous rendre en secret un volontaire hommage.

Quel honneur esclattant, quel superbe avantage
Scauroit-on acquérir que vous n'emportiez pas
En ce jour de conqueste où vos divins apas
Vont ranger tant d'amans sous un mesme servage?

Mais que vostre triomphe en l'estat où je suis,
Inhumaine Beauté, me va couster d'ennuis,
Que ma douleur va croistre avecque vostre gloire :

Sans pitié jusqu'icy vous avez veu mes maux;
Qu'attendray-je de vous après une victoire
Où vous m'allez donner tant d'illustres rivaux.

SONNET

Je le confesse, Iris, je cours à ma ruine ;
Je vay de tous les Dieux esprouver le courroux ;
Mais je me sens forcé de m'esloigner de vous
Par l'ascendant cruel qui toûjours me domine.

Quoy qu'à de grands malheurs ma fuite me destine,
De quelque desespoir dont je sente les coups,
Je recevray du sort un traittement plus doux
Quand je ne verray plus vostre beauté divine.

Ce n'est pas qu'en fuyant j'espère de guerir,
Non, non, cruelle Iris, je ne veux que mourir,
C'est tout ce que j'attens de mon triste voyage :

Le plaisir de vous voir retardoit mon trespas
Mais puisqu'à ce dessein vostre rigueur m'engage
Je m'en vay le trouver où vous ne serez pas.

SONNET

Si rien ne peut fléchir la rigueur obstinée
Dont vous desesperez un malheureux amant,
Que doit donc devenir en ce fascheux tourment
Son ame au desespoir sans cesse abandonnée.

Faut-il pour achever sa triste destinée
Qu'il esteigne le feu qui va le consumant ?
Qu'une ardeur qui devroit vivre éternellement
Ait un sort si funeste et soit si tost bornée ?

Abusez-vous ainsi par d'ingrates rigueurs
De l'empire qu'Amour vous donne sur les cœurs,
Ne peut-on vous aimer qu'aux despens de la vie ?

S'il est ainsi, Beauté dont je ressens les coups,
Que d'un si triste sort vostre amour soit suivie
Je n'en connois que trop qui vont mourir pour vous.

SONNET

L'infortuné Tircys soûpire incessamment
Sous l'empire d'Iris dont son âme est charmée,
Mais plus elle le void et s'en croit plus aimée,
Et plus il reçoit d'elle un fascheux traittement.

Tout ce qu'on peut souffrir de peine et de tourment
Elle le faict sentir à son ame enflamée,
Et l'on juge aux rigueurs dont elle est animée
Qu'elle a dessein de perdre un si fidele amant.

Luy qui prévoit assez sa funeste avanture,
Sur le poinct de ceder aux tourmens qu'il endure,
Accuse ainsi l'Amour qui cause son trespas :

Amour, cruel Amour, ah si j'ose le dire
Tu caches tes rigueurs sous de trompeurs apas,
Mais les maux les plus grands naissent sous ton empire.

SONNET

Iris, si vous voulez sçavoir
Ce qui faict que je vous refuse
Les vers que vous voulez avoir,
Recevez icy mon excuse.

Vous voyez trop, pour ne pas voir
Que ma pauvre et chetive Muse
N'a beauté, grace ni pouvoir,
Et ne vaut pas qu'on s'y amuse.

Mais une plus forte raison
Retient mon epistre en prison,
Et m'oblige à n'en faire compte :

C'est, Iris, que je ne veux pas
Vous y faire voir à ma honte
Que je n'ay pas toûjours bruslé pour vos apas.

SONNET

Vous m'obligez, Iris, et vous m'estes propice
En me faisant sentir vostre juste courroux,
A quelque excez qu'il aille il est encor trop doux,
Si vous voulez au crime egaler le supplice.

Mais l'Amour me defend, il estoit mon complice,
C'est luy qui m'obligea de me plaindre de vous,
Et quand je vous fis voir des sentiments jaloux
Je suivis malgré moy son injuste caprice.

Pouvois-je resister aux divers mouvemens
Dont ce Tyran se plaist d'affliger les amans,
Ouy ce respect, Iris, devoit fermer ma bouche :

Trop heureux mille fois de tout souffrir pour vous,
Je devois vous cacher ce qu'il a de faroûche,
Et ne vous faire voir que ce qu'il a de doux.

SONNET

Quelle loy du Destin à nos plaisirs mortelle
Rend nos vœux impuissans à vostre guerison ?
Quel Astre injurieux a versé le poison
Qui nourrit vostre fievre et la rend si rebelle.

Seroit-ce que le Ciel vous traitte en criminelle
Pour vanger tant d'Amans mesprisez sans raison,
Et de qui le malheur est sans comparaison
Tant vous prenez plaisir à leur estre cruelle ?

Non, ingrate Beauté, ce n'est pas contre vous
Que des Dieux irritez esclatte le courroux,
Puis que vous ne souffrez qu'une peine legere :

Ceux qu'une extreme amour faict languir dans vos fers
S'en vont seuls ressentir l'effect de leur cholere,
Et seuls mourir des maux que vous aurez soufferts.

SONNET

C'est trop se consumer d'une douleur mortelle,
Grace à mon bon destin je puis tout espérer,
Le Ciel que mon mal'heur m'avoit fait implorer
Exauce enfin les vœux qu'avoit poussé mon zele.

Iris n'est plus malade, et sa fortune est telle
Qu'elle n'a rien à craindre, et rien à desirer,
Et si quelqu'un l'entend desormais soûpirer
Ce sera du plaisir de se revoir plus belle.

Je n'ay plus à souffrir que mes propres langueurs,
Mais peut-estre qu'Iris finira ses rigueurs,
Amour en ma faveur sans cesse l'y convie :

Les Dieux mesme aujourd'huy favorisent mon sort,
Celle de qui mes vœux ont conservé la vie
Peut-elle après cela l'employer à ma mort.

SONNET

Sensibles desplaisirs, langueurs, ennuy, tristesse,
Accablez mon esprit et terminez mon sort,
En l'estat où je suis il n'est rien que la mort
Qui puisse soulager la douleur qui me presse.

Et vous beaux sentimens d'amour et de tendresse
Qui regnez dans mon ame et la touchez si fort,
Souffrez de ma douleur ce genereux effort
Et laissez moy mourir sans marquer ma foiblesse.

En vain vous resistez à mon cruel destin,
Il est temps desormais que je courre à ma fin,
Une ingratte l'ordonne et je m'en vay luy plaire :

Je fus le triste objet de son inimitié,
Ma passion extreme excita sa cholere
Et je veux que ma mort excite sa pitié.

SONNET

Ne me presentez plus le portraict de Climene
Vous dont le soin m'afflige et m'est injurieux :
Je ne voy qu'à regret cet objet precieux,
Et ce qui fut ma joye aujourd'huy faict ma peine.

A quel poinct, belle Iris, m'estes-vous inhumaine ?
Mon amour vous desplaist, il vous est odieux,
Et pour comble d'ennuis vous offrez à mes yeux
Celle dont en changeant j'ay merité la haine.

Beauté de qui ma peine est le contentement,
Pourquoy m'affligez-vous de ce nouveau tourment ?
Ma douleur sans cela n'estoit que trop mortelle :

Vous n'aviez pas besoin de ce nouveau secours,
Vos premieres rigueurs, ame ingrate et cruelle,
Ne me portoient que trop à terminer mes jours.

SONNET

La raison m'abandonne et mon esprit s'égare
Autant de fois qu'Iris s'offre à mes tristes yeux,
Je demeure stupide ou je suis furieux,
Et ma confusion toucheroit un barbare.

Lors qu'un destin cruel me l'oste et m'en separe,
Absent de ses beautez je ne suis pis ni mieux,
Accablé de soucis à toute heure, en tous lieux,
Je parais languissant, interdit et bizarre.

La douleur me devore et je me ronge en vain,
Du chagrin eternel que nourrit dans mon sein
L'extreme passion qu'une ingrate deteste :

Que le sort m'est cruel quand il me faict aimer,
Puis que dedans mon cœur l'amour est une peste,
Mais de qui le poison ne me peut consumer.

SONNET

Iris s'en va partir, la fortune cruelle
Jusqu'au dernier excez va porter mes mal'heurs,
Cette disgrâce jointe à mes autres douleurs
Va faire de mes yeux une source eternelle.

Amour, donc si long temps il faut estre sans elle,
Il faut loin de sa bouche et de ses yeux vainqueurs
Passer de tant de jours les affreuses longueurs
Et se ronger en vain d'une douleur mortelle.

O jours coulez bien tost, et vous cruels momens
Redoublez vostre cours et m'amenez le temps
Qui doit faire cesser le mal qui me devore :

Car jusqu'à ce qu'enfin sortant de mes ennuis
J'aye à mes tristes yeux veu luire mon Aurore,
O Jours infortunez vous me serez des nuicts.

SONNET

Ne m'abandonnez pas, ne partez pas encore
Ou vostre esloignement me va faire perir,
Ah demeurez de grace, et pour me secourir
Escoutez la pitié qu'en ce moment j'implore.

Voyez mon desespoir, ô Beauté que j'adore,
Voyez ce que l'amour me va faire souffrir,
S'il faut vous dire adieu vous me verrez mourir,
Je n'espere pas moins du feu qui me devore.

Pour un autre que vous les soûpirs et les pleurs
Tesmoigneroient assez les mortelles douleurs
Dont quand on aime bien une absence est suivie :

Mais si dans ce moment pour mieux les exprimer
Je ne tombe à vos pieds immobile et sans vie,
Je ne merite pas l'honneur de vous aimer.

SONNET

Tous les feux de la nuict estinceloient aux Cieux
Et desjà le sommeil avoit clos ma paupiere,
Quand je fus ébloüy d'une telle lumiere
Que je crus avoir part à la gloire des Dieux.

Tel qu'est à son retour le printemps gracieux,
Telle que du Soleil la brillante courriere,
Tel qu'il paraist luy-mesme au fort de sa carriere,
Telle la belle Iris s'est offerte à mes yeux.

Mais ô funeste objet dont je fremis encore,
Pour joindre à mon rival cet Astre que j'adore,
J'ay veu venir Hymen en superbe appareil :

Ah ! si d'un tel mal'heur ce songe est le presage,
Je me serois plu davantage
Dans les bras de la mort que dans ceux du sommeil.

SONNET

Iris estoit partie, et cette ame inhumaine
Laissoit au desespoir un fidele amoureux,
Lors qu'accablé d'ennuis en ce jour malheureux
Il se plaignit ainsi sur les bords de la Seine :

Quel est mon désespoir ! ô Dieux, quelle est ma peine !
Aujourd'huy tout me nuit, tout s'oppose à mes vœux,
L'Amour me persecute et le Ciel rigoureux
Me faict bien ressentir les effects de sa haine.

Mesme en ce triste jour les amoureux zephirs
Pour ne luy porter pas mes vœux et mes soûpirs
Destournent loin d'Iris leur agreable haleine :

Et ces flots que je voy sur le sable rampans
Ne s'esloignent des lieux qu'habite l'inhumaine
Que de peur d'y porter les pleurs que je respends.

SONNET

Je souffre les enfers, et pendant vostre absence
Une éternelle nuict voile mes plus beaux jours,
Je voudrois que la mort en terminast le cours,
Tant l'ennuy sur mon ame usurpe de licence.

Un si cruel mal'heur met à bout ma constance,
Et loin de vos beaux yeux sources de tant d'amours,
C'est en vain que du Ciel j'implore le secours,
Rien ne scauroit changer sa cruelle ordonnance.

Sa haine me defend, en ce coup de malheur,
Tout ce qui peut finir mon extreme douleur,
Et m'abandonne encor à ma triste aventure :

Si les Dieux dont le soin m'outrage et me faict tort
M'empeschent de ceder aux tourmens que j'endure,
C'est parce que ma vie est pire que la mort.

SONNET

Que vous fassiez, Iris, cent conquestes nouvelles,
Que vos divins apas triomphent en tous lieux,
Qu'un mot de vostre bouche, un regard de vos yeux,
Porte aux cœurs les plus durs des atteintes mortelles.

Que vous seule effaciez toutes les autres belles,
Et seule possediez tous les tresors des Cieux,
Et que les grands esprits d'un soin laborieux
Dressent à vos vertus des marques eternelles.

Je n'en suis, belle Iris, envieux ni jaloux,
Vostre gloire pour moy n'a rien qui ne soit doux,
Bien qu'à ma passion elle oste l'esperance :

Car n'estre point charmé des honneurs qu'on vous faict
C'est vous aimer en apparence,
Et s'aimer soy-mesme en effect.

SONNET

Qu'Iris a de beautez et qu'un sort favorable
Pour la gloire d'Amour la fit naistre icy bas,
Les Graces en tous lieux accompagnent ses pas,
Et l'univers n'a rien qui luy soit comparable.

Que son esprit est doux et son humeur aimable,
Que le je ne scay quoy qui ne s'exprime pas,
Ses rares qualitez et ses divins apas,
La rendent à bon droict aux mortels adorable.

Le Ciel en sa faveur liberal à souhait
Mit une âme si belle en un corps si parfaict
Que rien n'est comparable à leur grace immortelle:

Et versa sur tous deux tant d'aimables tresors,
Que toute autre ame estoit indigne de ce corps,
Comme tout autre corps estoit indigne d'elle.

SONNET

L'ame pleine d'amour et de solicitude
Sur les bords de la Seine un malheureux amant
Accusoit la Beauté de qui l'esloignement
Luy causoit tant d'ennuis et tant d'inquietude.

Ce pendant, disoit-il, que dans la solitude
Vous goûtez ce qu'elle a de doux et de charmant,
Ma mort seroit l'effect de mon cruel tourment,
Si mon cœur de ses maux n'avoit faict habitude.

Depuis que dans vos fers mon cœur est arresté,
Vous m'avez bien appris, inhumaine Beauté,
A souffrir constamment le sort le plus contraire :

Et vos longues rigueurs pires que le trespas,
M'ont bien faict esprouver comment il se peut faire
Que l'on souffre cent morts et qu'on ne meure pas.

SONNET

Flots heureux qui baisez l'agreable rivage
Où maintenant Iris passe de si beaux jours,
Que j'aime à regarder vostre rapide cours,
Et qu'il offre à mes yeux une charmante image.

Je la voy sur vos bords la belle qui m'engage,
Dessous des saules verds faire plus de cent tours,
Les Grâces à sa suite et les petits Amours
En ces lieux escartez luy rendent leur hommage.

Les fleurs abondamment naissent dessous ses pas,
Et ses yeux esclattans de lumineux apas
Remplissent ces deserts d'une clarté visible :

Tout cede à leur effort, tout s'alume à l'entour,
Et tout ce que ces lieux ont de plus insensible
Ressent en ce moment le pouvoir de l'Amour.

SONNET

Vous qui voulez du Ciel penetrer les décrets
Afin d'y voir le cours de vostre destinée
Le Dieu qui me possede en ouvre les secrets,
Apprenez-en de moy l'histoire fortunée.

Vous verrez, belle Iris, vous suivre près à près
La Gloire et le bon heur pour qui vous estes née,
Et jamais le mal'heur excitant vos regrets
Ne vous rendra fâcheuse une seule journée.

L'Astre qui de vos jours alluma le flambeau
Vous marque un sort si doux et si grand et si beau,
Que sa felicité n'aura point de semblable :

Et que si rien la trouble et nous afflige un jour
Ce sera seulement le destin déplorable
De ceux que vos beautez feront mourir d'amour.

SONNET

Il n'est bruit, belle Iris, que de vostre beauté,
En cent climats divers la force en est connuë,
Et l'on scait en tous lieux que vous n'estes point veuë
Qu'il n'en couste la vie ou bien la liberté.

Quelle autre mieux que vous a jamais merité
De voir par l'univers sa gloire respenduë,
Et que d'une louange à jamais entenduë,
On transmette son nom à la posterité.

De toutes les beautez que nous vante l'histoire
Mille defauts honteux ont obscurcy la gloire,
Leurs vices furent grands ainsi que leurs attraits :

Sur elles vous aurez cet illustre avantage
Que les grandes vertus seront les plus beaux traits
Dont l'art embellira vostre brillante Image.

SONNET

En fin il faut partir et sans plus consulter
Suivre les mouvemens de son cruel caprice,
Et puis que sa rigueur nous pousse au precipice
Bien loin de le fuir allons nous y jetter.

C'en est faict, belle Iris, je m'en vay vous quiter,
Et pour vous obeir je cours à mon supplice,
Adieu, souvenez-vous de m'estre plus propice
Quand mes vœux cesseront de vous persecuter.

Je mourrois de ma main en ce moment funeste,
Mais le Ciel le defend et faict que je deteste
Les tragiques desseins de ma noire fureur :

Et puis ce doux espoir retient ma violence,
La mort que je ne puis me donner sans horreur
Ne vay-je pas, Iris, la trouver en l'absence.

SONNET

De quelle obscurité sens-je voiler mes yeux
C'en est faict ils n'ont plus leur clarté coûtumière,
Une douleur mortelle a fermé ma paupière,
Et m'a rendu moy-mesme à moy-mesme odieux.

D'où viennent ces tourmens, quel Astre injurieux
Pour accabler mon ame en fournit la matière ?
Est-ce pour mes forfaits que je pers la lumière
Et n'esprouvay-je point la cholere des Dieux ?

Non, non, le Ciel n'est point la cause de ma peine,
Elle est l'effect fatal d'une absence inhumaine,
Qui depuis si long temps travaille mes esprits :

Et mes yeux affligez d'accord avec mon ame
Suivent les mouvemens que m'inspire ma flame,
Et ne veulent rien voir, ou veulent voir Iris.

SONNET

Ennuyé de mes maux et lassé d'une vie
Que je traisne à regret parmi tant de mal'heurs,
Je m'emporte souvent au fort de mes douleurs
Jusques à souhaitter qu'elle me soit ravie.

Pour peindre les ennuis dont elle est poursuivie
Je ne scaurois trouver d'assez tristes couleurs,
Les plaintes, les soupirs, les sanglots et les pleurs,
Sont les plus doux plaisirs où l'amour me convie.

Tant de tourmens soufferts, tant d'autres à souffrir,
Si la mort promptement ne vient me secourir,
Sont les cruels effects des rigueurs d'une ingrate :

Sans vous desplaire, Iris, j'en puis bien murmurer,
Et celle-là veut bien qu'une douleur esclatte
Qui prend tant de plaisir à la faire endurer.

SONNET

Quel Astre, belle Iris, ou quel demon vous porte
A me precipiter dans un si grand mal'heur ?
Quels charmes, quels apas a pour vous ma douleur
Que vous preniez plaisir à la rendre si forte ?

Tantost jusqu'aux fureurs le chagrin me transporte
Puis je me sens saisir d'une triste langueur,
Et le destin me traitte avec tant de rigueur
Que l'amour vit encore où l'esperance est morte.

Ouy, malgré vostre haine et vos cruels courroux,
Inhumaine Beauté. je suis encore à vous,
J'ay le mesme respect et la mesme tendresse :

Quel autre sous le Ciel merite vostre choix ?
Puis que d'un tel amant la passion vous blesse,
Et que vous le jugez indigne de vos loix.

SONNET

Quelle aveugle fureur dont l'injuste licence
Dément de mon amour les plus beaux sentimens,
Emporte mon esprit à ces desreglemens
Qui le traisnent souvent jusques à l'insolence.

Caprice impetueux, secrette violence,
Dont je suy sans raison les lasches mouvemens,
Ah que vous m'exposez à de cruels tourmens
Et que vous vangez bien la Beauté que j'offense.

L'enfer le plus cruel me seroit bien plus doux,
Que son ressentiment et son cruel courroux,
Joincts aux douleurs que j'ay de l'avoir offensée :

Et si son cœur touché de mon funeste sort
Ne pardonne aux fureurs de mon ame insensée
Sa fureur me va perdre et me donner la mort.

SONNET

Enfin le Ciel propice aux vœux de mon amour
Rameine dans ces lieux la Beauté que j'adore
Tel qu'après une eclipse on void l'Astre du jour,
Telle mes yeux l'ont veuë et plus brillante encore.

Source de mon bonheur, agreable retour
Que tu vas adoucir l'ennuy qui me devore,
Le Ciel veut que la joye à la fin ait son tour,
Il m'aime et ce n'est plus en vain que je l'implore.

Ce n'est pas après tout que je puisse esperer
Que l'ingrate Beauté qui me faict soûpirer
Ait pitié de mes maux et me soit moins cruelle :

Mais puis qu'en fin le sort ordonne mon trespas,
J'aime mieux aux transports que j'ay pour cette belle
Mourir en la voyant qu'en ne la voyant pas.

SONNET

Prenons party mon ame, et dans cette aventure
Sans plus deliberer allons droict à la mort,
Et que mon desespoir par un dernier effort
Usurpe enfin sur moi les droicts de la nature.

Partons, desrobons-nous à la mortelle injure
Que nostre extreme amour peut recevoir du sort ;
Mais gardons le respect, et que dans ce transport
Il n'eschappe de nous ni plainte ni murmure.

N'accusons point Iris de causer nos mal'heurs,
Plaignons-nous de nous-mesme en ces justes douleurs,
Dont l'atteinte nous est aujourdhuy si sensible :

C'est le commun destin des cœurs ambitieux,
Leur perte est asseurée et leur cheutte visible,
Alors que de trop près ils approchent des Dieux.

MADRIGAL

Quoy que sous le cruel empire
Du bel objet qui m'a charmé
Je souffre un rigoureux martire
Et que j'aime sans estre aimé.
Je ne puis me resoudre à perdre sa presence :
Au poinct où mon cœur est espris,
Haine, desdains, fierté, mespris,
On vous souffre mieux que l'absence.

MADRIGAL

A quoy bon l'aimer davantage,
L'ingrate se rit de mes pleurs,
Et mes plus mortelles douleurs
Ne font qu'irriter son courage.
Donc Amour que veux-tu de moy ?
Et quelle insupportable loy
Me retient dessous ton empire ?
J'ay dispense des vœux que mon cœur a formé,
C'est sans raison que je soûpire,
Je n'aimois que pour estre aimé.

MADRIGAL

Je sçay bien qu'en l'aimant je ne puis esperer
Que des peines et des supplices,
Et qu'avec elle il n'est point de delices
Où sans temerité mon cœur puisse aspirer.
Je voy le coup qui me menace,
Je voudrois que l'Amour en destournast l'effect,
Qu'Iris eust un peu moins de glace,
Et qu'elle fust sensible aux maux qu'elle me faict.
Mais si l'Amour enfin m'appelle
A l'honneur de mourir pour elle,
On me verra, Belize, y marcher à grands pas :
Et par un choix digne d'envie
Preferer aux douceurs de la plus belle vie
La gloire d'un si beau trespas.

MADRIGAL

Au poinct où je suis resolu
En renonceant à son empire
De secouer le joug d'un pouvoir absolu
Respects, fidelité, que me venez-vous dire ?
Tous vos conseils sont superflus,
Allez, fantosmes vains, je ne vous connois plus ;
Vous croire plus longtemps c'est me perdre moy-mesme :
Pour un amant aimé vous avez des apas,
Mais vous estes un mal extreme
Pour un amant qu'on n'aime pas.

MADRIGAL

Si ce fut à vos yeux un spectacle bien doux
De voir un pauvre amant trebûcher devant vous,
Inhumaine Beauté qui me faictes la guerre
Esperez tous les jours ce divertissement ;
Je ne suis pas le seul amant
Qui doit auprès de vous donner du nez en terre.

MADRIGAL

Beaux lieux où je viens chaque jour
Me plaindre des maux que j'endure,
Chers confidens de mon amour,
Deserts vous allez voir ma derniere avanture.
Regardez la fin de mon sort,
Je meurs par les maux de l'absence,
Mais au moins gardez le silence
Et ne descouvrez pas la cause de ma mort.
Que si par hasard il arrive
Qu'Iris dont mon ame est captive
Adresse un jour icy ses pas;
Apprenez à cette cruelle
Que si j'eus recours au trépas
C'est que j'y creus trouver plus de douceur qu'en elle.

MADRIGAL

Lors que sur son visage où tant de gloire abonde,
Mes tristes yeux sont arretez,
Je voy bien qu'il n'est rien au monde
Qui possede plus de beautez.
Ah si Philis vouloit remarquer à son tour
Ce qui paraist sur mon visage,
L'ingrate y verroit tant d'amour
Qu'on n'en scauroit voir davantage.

MADRIGAL

Comme dans un parterre esclatte
Parmy les plus brillantes fleurs,
De la rose aux belles couleurs
La beauté vive et delicate.
Entre mille beautez telle parut un jour
Iris pour qui j'ay tant d'amour
Et que j'esprouve si cruelle :
Que son mérite est peu commun,
Tous les yeux, tous les cœurs furent pour cette Belle,
Les autres n'en eurent pas un.

MADRIGAL

Il n'est rien de beau sous les Cieux
Comme ses beautez nompareilles,
Que de differentes merveilles
Se font voir sur sa bouche et brillent dans ses yeux.
Que son teint a d'esclat et que sa taille est belle,
Que son esprit est vif et doux ;
Qu'elle faict de rivaux, qu'elle faict de jaloux
A qui sa rigueur est également cruelle ;
Nous la verrons pourtant s'en plaindre quelque jour
Car en fin quoy qu'elle imagine
Pour la rendre toute divine
Il luy faudroit un peu d'amour.

MADRIGAL

Que je m'estime heureux lors que je la peux voir,
Que mon sort est digne d'envie,
Que sa présence a de pouvoir
A charmer les ennuis qui tourmentent ma vie.
Mais lors que je ne la voy pas
Mille douleurs pires que le trespas
Me font sentir leurs poinctes inhumaines :
Et j'esprouve bien à loisir
Qu'un amant dans les fers a des siècles de peines
Pour quelque moment de plaisir.

MADRIGAL

C'est peu pour louer la Beauté
Qui de mon cœur receut hommage,
De dire que la Majesté
Est emprainte sur son visage ;
C'est peu de dire que l'Amour
Dans ses beaux yeux fait son sejour
Et que sous son pouvoir il range toutes choses ;
Que son teint a des lys et sa bouche des roses,
Et que tout cede à l'esclat de ses yeux ;
Et l'on ne dit pas tout si l'on ne dit encore
Que cette Beauté que j'adore
Est le plus pompeux Temple et le plus précieux
Qu'ait la vertu dessous les Cieux.

MADRIGAL

Cruelle saison de naufrages,
Hyver amene tes orages,
Tes brouillars espais, tes glaçons ;
Establis dans nos champs ton rigoureux empire,
Fai que les Aquilons en bannissent Zephire,
Et qu'un deluge d'eaux inonde ses maisons :
Que si l'horreur qui t'accompagne
Produit l'effect que j'en attens,
Et que la belle Iris en quitte la campagne
Hyver tu seras mon printemps.

MADRIGAL

Aimable objet de mon amour
Je souhaite vostre retour,
Mais je ne scay pourquoy j'ay tant d'impatience ;
Car qu'en puis-je esperer sinon que les langueurs
Qui me venoient de vostre absence
Seront l'effect de vos rigueurs.

A Iris. *Sur le sujet des Jobelins.*

MADRIGAL

Helas dequoy s'avise-t'on
De plaindre apres trois mille années
Les malheureuses destinées
Qu'eut autrefois un vieux Barbon ?
Vous qui plaignez ce miserable,
Regardez la playe incurable
Dont l'Amour frappe mon esprit,
Mes disgraces passent les siennes
Il vit finir enfin les peines qu'il souffrit,
Et je n'espere pas de voir finir les miennes.

MADRIGAL

Voici l'immortel ouvrage
Qui doit sauver du tombeau
Tout ce qu'on void en nostre âge
De plus grand et de plus beau ;
Le travail en est insigne,
C'est le present le plus digne
Que l'art nous ait jamais faict :
Rien n'a paru tel encore,
En fin c'est bien le portrait
De la Beauté que j'adore.

PAROLES POUR CHANTER

Sur l'air de *la petite Royale.*

Cachez-vous belles de renom,
Vous n'avez rien d'illustre,
Et vous estes sans lustre
Aupres de Marton.
Fuyez foibles lumières,
Suivez mon conseil,
Les beautez les plus fières
N'ont rien de pareil
A ce jeune Soleil.

La Nature n'a point formé
D'objet plus adorable
Ni de plus aimable
Qui soit plus aimé.
Tout est tributaire
A ses appas vantez
Mais que ne peut-on faire
Avec tant de clartez,
Avec tant de Beautez.

STANCES

Toy qui si puissamment regnes dans mes esprits,
Amour, cruel autheur des maux que je soûpire,
En fin touche le cœur d'Iris,
Ou je vay renoncer à ton injuste empire.

Pretens-tu qu'à jamais arresté dans tes fers
Je languisse au milieu des pleurs et des allarmes,
Sans que l'ingrate que je sers
D'une seule faveur daigne arrester mes larmes.

Il est vray qu'elle est belle et qu'elle a des apas
Autant qu'en peut avoir une beauté mortelle,
Et qu'un Dieu ne se plaindroit pas
Ayant à soûpirer de soûpirer pour elle.

Je scai que mille amans sont captifs sous sa loy,
Qui ne t'esprouvent pas plus doux ni plus propice,
Et qui tous souffrent comme moy
D'un cruel desespoir l'incroyable supplice.

Mais le mal'heur d'autruy ne me console point,
On ne peut le souffrir sous tes loix inhumaines,
Et des semblables en ce poinct
Ne font-ils pas toûjours les plus cruelles peines.

Pour les charmes divers de l'objet de mes vœux
Je ne scaurois les voir que ma douleur n'empire.
Ce qui devroit me rendre heureux
Helas c'est ce qui faict mon plus cruel martire.

C'est un plaisir bien doux d'adorer des apas
Alors qu'on est aimé de la beauté qu'on aime,
Mais certes quand on ne l'est pas
On ne les scauroit voir sans une peine extreme.

Aussi je vay leur dire un eternel adieu,
Et je vay bien sentir à ma longue souffrance,
Alors qu'il aime en si beau lieu
Ce que pert un amant quand il pert l'esperance,

Amour, puissant vainqueur que j'implore à mes maux,
Fai pour me garentir de ce cruel orage
Qu'Iris soit dure à mes rivaux,
Et pour moy seulement touche son fier courage.

Alors loin de vouloir me soustraire à tes loix
Mon cœur en benira le bien heureux empire,
Et par tout mes vers et ma voix
Diront de ton pouvoir tout ce qu'on en peut dire.

STANCES

Si j'eusse encore esté dans l'humeur inconstante
Où jadis j'ay vescu,
Alors que je vous vis si belle et si charmante
Philis j'estois vaincu.

Je n'en fais point le fin, j'eusse rendu les armes
Et vos yeux m'eussent pris,
Mais j'opposay soudain à l'effort de vos charmes
Ceux de la belle Iris.

Tant d'apas differens dont mon ame est esprise
Et qui charment mes sens,
Rendirent aussi tost à ravir ma franchise
Les vostres impuissans.

Philis dans ce moment vos beautez furent vaines,
Ainsi que vos projets ;
Ce qu'une fois Iris arreste dans ses chaines
N'en eschappe jamais.

C'est le destin fatal de quiconque soûpire
Pour ses divins apas,
Rien ne peut l'affranchir des loix de son empire
Que celles du trespas.

Celle dont la beauté ne trouve point d'égale
Et dont tout suit la loy,
Eust-elle pû souffrir qu'une injuste rivale
Eust triomphé de moy.

Philis, si ses beautez effacerent les vostres,
Consolez-vous en fin,
Près de ce bel Objet on en verroit bien d'autres
Avoir mesme destin.

STANCES

Si j'ay semé le bruit de vostre maladie,
Ordonnez mon trespas ;
De grace, belle Iris, et quoy qu'on vous en die
Ah ne le croyez pas.

Moy que j'eusse annoncé cette triste nouvelle,
Eh Dieux à quel dessein ?
Ne scavois-je pas bien qu'elle eust esté mortelle
A tout le genre humain.

J'eusse attiré sur moy la disgrace et la haine
Des hommes et des Dieux,
Si j'eusse publié ce que souffroit de peine
Ce qu'ils aiment le mieux.

Si pour mettre à vos pieds les plus superbes testes
Qui soient en l'univers,
Si vous aviez besoin pour faire des conquestes
Du secours de mes vers,

Je vous consacrerois et mon temps et mes veilles
Dans un si haut dessein,
Et d'un pinceau brillant je peindrois les merveilles
Qui m'eschaufent le sein.

On verroit vostre bouche et vos yeux que j'adore
Et vos charmes divers,
Voler superbement du couchant à l'Aurore
Sur l'aile de mes vers.

Mais un si haut dessein estonne mon courage,
Je connois mon defaut,
Et pour faire esclatter un si superbe ouvrage
Je n'ay pas ce qu'il faut.

VERS POUR CHANTER

Le mal'heureux Aminte
D'une mourante voix
Soûpiroit cette plainte
Au plus profond d'un bois.

Confidens de mes peines,
Sacrez hostes des nuits,
Et vous claires fontaines
Escoutez mes ennuis.

Bien que vous soyez sombres
Une plus forte horreur
Que celle de vos ombres
Regne dedans mon cœur.

La mer a moins d'orages,
Les prez ont moins de fleurs,
Et vous moins de feuillages
Que je n'ay de douleurs.

Je n'attens de remede
Que de mon desespoir,
Au mal qui me possede
Tout autre est sans pouvoir.

Ah que je porte envie
A tous ceux de qui Mars
A terminé la vie
Dans nos derniers hazards.

Iris impitoyable,
Et vous cruels Amours,
A quel poinct deplorable
Reduisez-vous mes jours.

La mort qu'en vain j'appelle,
Aussi dure que vous,
N'escoute point le zèle
Dont j'implore les coups.

Ainsi plaignit Aminte
Son malheur infiny,
Heureux avec sa plainte
Si sa vie eust finy.

AUTRES PAROLES POUR CHANTER

Sur l'air d'*une courante.*

Climene je n'ay plus d'amour
Je cesse d'aspirer
Aux plaisirs du retour,
Qu'on m'a veu desirer
Une jeune divinité
M'oblige à vous faire infidélité,
Plaignez vous-en, mais ne me blâmez pas
Si j'aime ses apas.

En vain pour vous garder ma foy
J'ai faict tous mes efforts,
J'ay cedé malgré moy
A de plus doux transports.
En vain j'ay voulu resister,
Mais j'ay senti qu'on ne peut eviter
D'estre soûmis au superbe vainqueur
Qui regne dans mon cœur.

Desja mes soûpirs ni mes vœux
Ne volent plus vers vous,
Et mon cœur amoureux
Ne ressent plus vos coups.
Il est la conqueste d'Iris
Et cette fiere beauté qui l'a pris
Vous va vanger de ma legereté
Par sa severité.

ÉLÉGIE

Je ne scaurois souffrir que vous soyez contente
Au poinct que ma douleur est la plus violente,
Et que pres d'un depart fatal à mon bonheur
Vous fassiez esclatter une si belle humeur.
Si toute autre raison vous rendoit satisfaite
Vous n'auriez point de bien que je ne vous souhaite,
Et loin de m'affliger je me croirois heureux
Si le Ciel de tout poinct respondoit à vos vœux.
Mais que vous me poussiez vous-mesme au precipice
Et que vostre bonheur naisse de mon supplice,
Que vous pressiez si fort un depart si cruel
Que vous connoissez bien qui doit m'estre mortel,
Et que sans regarder dans quels ennuis m'engage
L'effroyable longueur de ce triste voyage,
Vous couriez avec joye aux doux, mais vains plaisirs,
Que promet la campagne à vos jeunes desirs :
C'est un coup de mal'heur sous lequel je succombe,
Qui blesse mon amour et qui m'ouvre la tombe.
En ce moment fatal, inhumaine beauté,

Si vous cachiez les traits de vostre cruauté,
Si du moins devant moy vous pouviez vous contraindre,
Si pour me consoler je vous avois veu feindre,
Si monstrant vostre joye à tout autre qu'à moy
Vous paroissiez au moins triste quand je vous voy,
Ma douleur n'auroit pas tout ce qu'elle a de pire,
Et vostre feinte au moins charmeroit mon martire.
Ah si vous connoissiez combien sensiblement
Mon cœur sera touché de vostre esloignement,
Et si vous scaviez bien la violence extreme
Que souffre un pauvre amant en perdant ce qu'il aime,
A quel poinct est cruel un tel coup de malheur,
Et ce qu'il faict sentir de peine et de douleur,
Vos yeux qu'aucun mortel n'a jamais eu propices
Ne pourroient refuser des pleurs à mes supplices,
Et vostre cœur esmeu donneroit des soûpirs
A de si violens et si grands desplaisirs.
Hélas pour mon mal'heur j'ay vescu dans les larmes,
J'ay conservé mes jours au milieu des allarmes,
Que depuis si long temps me donnent vos rigueurs.
J'ay résisté toûjours à l'effort des langueurs.
J'ay souffert constamment, ame trop inhumaine,
Vos desdains, vos froideurs, et jusqu'à vostre haine,
Et sans y succomber, et sans estre abbatu

Je me suis soûtenu par ma propre vertu.
Mais elle m'abandonne en cet estat funeste,
Où le desespoir seul est tout ce qui me reste.
Heureux si promptement s'armant pour mon secours
D'un si triste destin il termine le cours,
Et s'il m'arrache enfin à la douleur mortelle
Ou de ne vous voir point ou de vous voir cruelle.

Bouts-rimez.

SONNET

Les amans de Marton font une telle . . . . . . trouppe,
Que quiconque n'en est pas passe pour un . . badin,
Prélat, noble, bourgeois, et jusqu'au . . . . . . baladin,
A force de l'aimer ne disne ni ne. . . . . souppe.

Aussi toujours la belle a l'Amour à sa . . . . . crouppe,
Paroist-elle on le void paroistre aussi. . . . . . soudain,
Il la poudre, il l'ajuste, et souvent ce Dieu . . nain,
Pour poudrer ses cheveux a pris en main la . . houppe.

Il faut estre en raison moindre qu'un . . . . . escargot
Pour ne connoistre pas que du plus grand. . . bigot
L'Amour divin pres d'elle est à la. . . . . bigarnaise.

Le plus raisonnable homme en doit devenir . . fou,
Fust-il encore du temps que l'on portoit la . . fraise,
Car qui ne l'aime pas vaut moins qu'un trou de. chou.

Bouts-rimez.

SONNET

Vos rigueurs de mes jours esteindront le . . . . flambeau,
Beauté de qui j'adore et les yeux et la . . . . . . bouche,
A peine crois-je vivre autant comme une . . . . moûche,
Loin d'oser aspirer aux longs ans du . . . . . . corbeau.

J'en tremble, j'en fremis, et j'en suis tout en . . eau.
Aussi de tels malheurs toucheroient une . . . . souche,
Et le Ciel qui toûjours m'a veu d'un regard. . . loûche
Travaille avecque vous à creuser mon. . . . . . . tombeau.

Je n'atteindray jamais l'âge de la . . . . lunette,
Et je ne verray point une vieille en . . . . cornette
Estre de mes vieux jours le débile . . . . bâton :

Je n'entasseray point en ma vieillesse . . . . . . grise
Fustaine sur fustaine et frize dessus. . . . . . . frize,
La mort me va donner au troisiesme . . . . . . bouton.

Bouts-rimez.

Pour une dame qui file.

SONNET

Dans le coin de son feu la quenouille au . . costé,
Je la voy tous les jours la belle , ... Guillemette,
Qui d'une main polie et belle et blanche et. nette,
Tord le fuzeau qui fait toute sa . . . . volupté.

Qu'un tel fuzeau, bons Dieux, a de . . . . . félicité
Alors qu'il est pressé d'une main si . . . . . douillette,
Car il n'est dans Paris ni femme ni. . . . . fillette,
Dont la fileuse main ait autant de . . . . . beauté.

Son adresse à filer est chose . . . . incomparable.
Elle entend beaucoup mieux ce mestier. . . agréable
Que ne feront jamais ses sœurs ni sa. . . . maman :

En fin elle en scait tant qu'au prix d'elle les. Parques
Qui filent le destin du Pape et des. . . . . . Monarques,
N'y entendent ma foy que le haut. . . . . . alleman.

Autres Poésies de Lacger

EPISTRE [1]

Aux deux sœurs de qui la beauté
L'esprit, la grâce et le mérite
Ne connaissent point de limite
Mais dont l'extrême cruauté
Lors qu'à l'Amour on les invite
N'a rien aussi de limité.

Charmant et beau couple de Sœurs
Qui possédez mille douceurs

1. Bibl. nat., ms. 19145 (fonds fr.). Ces deux sœurs doivent être Mesdemoiselles Melson, célébrées également par Pinchesne, voir notre *Bibliogr. des Recueils collectifs de poésies*, t. III, p. 396.

Belle Filis, belle Caliste,
Hélas ! que ma pauvre ame est triste
Et que je me sens malheureux
Absent de l'une de vous deux !
Mais je ne dis pas de laquelle
Car chacune de vous est belle ;
Chacune de vous a des yeux
Capables d'enflamer les Dieux,
Chacune a l'esprit agréable,
L'entretien doux, l'humeur aimable,
Chacune enfin a mille appas,
Mais aucune de vous n'a pas
Ce qu'il faut pour me faire dire :
C'est vous qui causez mon martire ;
Et vous n'auriez pas la bonté
Triomphant de ma liberté,
De m'exaucer et de me dire
Nous cherissons vostre martire,
Et nous benissons le moment
Où vous devinstes nostre amant.
Je vous connoy jusque dans l'âme,
Vous iriez railler de la flamme
D'un pauvre amant qui vous diroit
Tout ce que son cœur penseroit,

Et chacun dans vostre rüelle
En sçauroit bientost la nouvelle.
N'ayez peur que j'en fasse rien,
Ma foy je m'en garderai bien.
Sans mentir vous pourriez bien estre
Personnes à m'envoyer paistre,
Et que l'on ne dit pas ainsy
Chez vous son amoureux soucy.
Donc pour éviter ce désordre
Et de peur qu'on ne puisse mordre
Ou sur mes dicts ou sur mes faits,
Certes vous ne sçaurez jamais
Laquelle des deux me rend triste
Ou de Filis ou de Caliste.

Le madrigal *Sur les Jobelins* des « Vers pour Iris » est devenu un sonnet dans les *Poésies choisies de MM. Corneille, Benserade, de Scudéry..,. et plusieurs autres. A Paris, chez Charles de Seroy, au Palais, dans la Salle Dauphine, à la Bonne-Foy couronnée. M.DC.LIII. Avec Privilège du Roy.* In-12.

SONNET

Hélas ! de quoy s'avise-t'on,
Après plus de trois mille années,
D'aller plaindre d'un vieux barbon
Les disgrâces inopinées ?

Il eut de cruelles journées ;
Mais contre ses maux il tint bon,
Et de plus douces destinées
Firent refleurir sa maison.

Vous qui plaignez ce misérable,
Voyez la blessure incurable
Dont Amour frappe mon esprit,

Mes souffrances passent les siennes,
Il vit finir enfin les peines qu'il souffrit,
Et je ne pense pas de voir finir les miennes.

DE L'AGÉ.

Voici un autre sonnet sur le même sujet du dit *Recueil de Sercy* :

SONNET

Job qui de son bonheur vit la terre étonnée
Et qui devint après l'objet de son horreur,
Ce malheureux qui vit son âme abandonnée
Aux plus mortels assauts que donne la douleur ;

Cet homme au desespoir qui maudit la journée
Qu'il reçeut la lumière, et naquit au malheur,
Et dont chacune admire et plaint la destinée,
Le Ciel, au prix de moy, le traite avec douceur.

A quelque extrémité qu'il se vit miserable,
Son desespoir au mien n'eut rien de comparable,
Et j'ay plus de raison d'implorer le trépas.

Tous les maux dont l'Enfer tenta sa patience,
Malheureux que je suis, ne les ressens-je pas
Au moindre des ennuis où me jette l'absence ?

DE L'AGÉ.

TABLE

DES POÉSIES DE LACGER

Celles qui ne font pas partie des « Vers pour Iris » sont marquées d'un astérisque.

TABLE

DES POÉSIES DE MADAME DE LA SUZE

ADRESSÉES A LACGER

Abbeville. — Imprimerie F. Paillart.

www.ingramcontent.com/pod-product-compliance
Ingram Content Group UK Ltd.
Pitfield, Milton Keynes, MK11 3LW, UK
UKHW021106290826
14628UKWH00014B/850

9 782019 625368